변신

# 변신

클래식 라이브러리　005
Die Verwandlung

프란츠 카프카 지음
목승숙 옮김

arte

일러두기

1  이 책은 독일 S. 피셔 출판사에서 출간된 비평판 카프카 전집 중 아래 두 권에
   수록된 해당 작품들을 번역하여 실었다.
   Franz Kafka, *Drucke zu Lebzeiten*, Hrsg. v. Wolf Kittler, Hans-Gerd Koch
   u. Gerhard Neumann(Frankfurt a. M.: S. Fischer Verlag, 2002).
   Franz Kafka, *Nachgelassene Schriften und Fragmente II*, Hrsg. v. Jost
   Schillemeit(Frankfurt a. M.: S. Fischer Verlag, 2002).
2  인명, 지명 등 고유명사의 우리말 표기는 국립국어원 외래어표기법에 따르되,
   일부 예외를 두었다.

차례

# 굴

굴을 팠다. 성공적인 것 같다. 실제로 밖에서는 큰 구멍 하나만 보이지만, 사실 이 구멍은 그 어디로도 통하지 않고 몇 걸음만 들어가면 금방 단단한 자연석에 부딪히게 된다. 이러한 술책을 의도적으로 계획했다며 자랑할 생각은 없다. 오히려 이 구멍은 허사가 된 수 없이 많은 굴 파기 시도의 한 잔재인데, 마지막에 이 구멍 하나는 덮지 말고 남겨 두는 것이 내게 더 이득이라고 여겼다. 물론 보통 정교한 술책은 스스로 자기 꾀에 자기가 넘어가는 경우가 되고는 한다. 이 사실을 나는 그 누구보다 잘 안다. 이 구멍으로 이곳에 뭔가 조사해 볼 만한 것이 있다는 가능성에 주목하도록 만든 것 자체는 확실히 대담해 보인다. 내가 겁이 많고 단지 나약해서 굴을 판다고 생각한다면 나를 잘못 본 것이다. 이 구멍에서 천 걸음가량 떨어진 곳에 움직이기 쉬운 이끼층으로 뒤덮인, 굴로 들어가는 진짜 입구가 있다. 그곳은 이 세상 그 무엇보다 안전하다. 물론 누군가가 이끼 위를 디디거나 그곳으로 돌진해 들어갈 수도 있다. 그러면 탁 트인 내 굴이 거기에 있을 것이고, 원하면 — 밝혀두지만 물론 그렇게 하려면 비범한 능력이 필요하다 — 쳐들어가서 모든 것을 영원히 파괴해 버릴 수도 있다. 그 점을 잘 알고 있기에 삶의 정점에 이른 지금에도 나는 한시도 평온한 시간을 누릴 수 없다. 어두운 이끼가 낀 바로 그 자리에서 나는 언제든 죽을 수 있는 존재이며, 탐욕스러운 코로 그 주위를 쿵쿵대며 쉴 새 없이 냄새를 맡는 꿈을 자주 꾼다. 실제로 겉에는 단단한 흙으로 얇게 층을 만들고 안쪽은 푸석한 흙으로 그 입구를 잘 채운다면 나가는 길을 다시 파는 데 큰 문제가 없을 거라고 얘기해 볼 수도 있을 것이다. 하지만 그것은 불가능하다. 다름 아닌 신중함이 즉각 빠져나갈 가능성을 남겨 놓아야 한다고 내게 요구한다. 바로 그 신중함이 유감스럽게도 자주 생명을 건 모험을 요구하는 것이다. 이 모든 것은 꽤 골치 아픈 머릿속 셈이어서, 때로는 명석한 두뇌가 스스로 느끼는 기쁨만이 계속 셈을 굴리게 하는 유일한 이유가 된다. 즉시 도주할 가능성을 남겨 놓아야 한다. 그런데 이 모든 경계 태세에도 불구하고 전혀 예상치 못했던 쪽에서 공격받을 수도 있지 않을까? 내 집의 가장 안쪽 깊숙한 곳에서 평화롭게 지내고 있는 사이에 적이 천천히 소리도 없이 어딘가로부터 땅을 파며 내게 접근하고 있을 수도 있다. 적이 나보다 더 예민한 감각을 가졌다고는 말하지 않겠다. 내가 그자를 모르듯이 그자도 나에 관해 잘 모를 것이다. 그런데 맹목적으로 흙을 파헤치는 열정적인 도둑들이 있다. 그자들은 내 굴이 엄청나게 뻗어 있어서 도중에 어딘가에서 내가 만든 길들 중 하나와 맞닥뜨릴 것이라는 희망까지 갖는다. 물론 나는 내 집이라서 모든 길과 방향을 정확히 안다는 이점을 갖고 있다. 도둑은 아주 쉽게 나에게 희생되어 달콤하고 맛있는 내 먹이가 될 수도 있다. 그러나 나는 점점 늙어 가고 나보다 힘이 센 자들도 많고 또 적들도 무수히 많아서, 내가 한 놈에게서 도망쳐 또 다른 적의 덫에 걸리는 일이 생길 수도 있다. 아, 이 모든 일이 일 어나지 말란 법은 없지 않은가! 좌우간 어딘가에 쉽게 도달할 수 있 는 활짝 열린 출구가 있다는 확신이 들지 않으면 안 된다. 그곳에서 는 더 이상 빠져나가기 위한 작업을 할 필요가 없기 때문에 흙이 살 짝 돋우어져 있어도 필사적으로 땅을 파다가 갑자기 — 하늘이시여, 저를 지켜 주소서! — 내 허벅지가 추적자의 이빨에 물릴 일은 없을 것이다. 그리고 나를 위협하는 적들이 외부에서만 오는 것도 아니 다. 그런 적들은 땅속에도 있다. 한 번도 본 적은 없지만, 그들에 관 한 전설이 전해지며 나는 그것을 굳게 믿는다. 그들은 땅속 깊은 곳 에 사는 존재다. 하지만 전설 속에서 그들은 단 한 차례도 묘사되지 않는다. 그들의 희생자조차도 그들을 거의 보지 못했다. 그들이 오 고, 내 발 바로 아래로 그들의 본령인 흙 속에서 발톱이 긁어 대는 소리를 듣게 되면 이미 진 것이나 다름없다. 이 경우 자기 집에 있다 는 사실은 아무런 의미가 없게 되고, 오히려 적들의 집에 있는 셈이 된다. 여하간 출구는 그 무엇으로부터도 나를 구하지 못하듯이 그 들로부터도 나를 구하지 못하고 파멸시킬 것이다. 그래도 출구는 일 말의 희망이기에 나는 그것 없이는 살 수가 없다.

주된 출구로 가는 이런 큰 길 외에도 아주 좁기는 해도 꽤 안 전한 길들이 나를 외부 세계와 연결해 주는데, 이 길들은 내게 숨쉬 기 좋은 공기를 공급해 준다. 들쥐들이 만든 길이다. 나는 그 길들을 제대로 내 굴에 포함시키는 법을 터득했다. 그 길들은 먼 곳의 낌새 를 알아차릴 수 있게 해 주며 나를 안전하게 지켜 준다. 또한 이 길들을 통해서 내가 잡아먹는 각양각색의 작은 종족들이 내게로 온다. 그래서 나는 내 굴을 전혀 떠나지 않고도 소박하나마 생계를 유지하기에 충분한 일종의 작은 동물 사냥을 할 수 있다. 당연히 이것은 매우 값진 일이다.

그런데 내 굴에서 가장 멋진 점은 고요하다는 것이다. 물론 이 고요함은 믿을 게 못 된다. 어느 날 갑자기 깨져 버릴 수도 있는데, 그렇게 되면 모든 것이 끝장이다. 하지만 일단 아직은 조용하다. 몇 시간이고 통로를 따라 살금살금 다녀도 가끔 이름 모를 작은 동물들의 바스락거리는 소리만 들릴 뿐이다. 그러면 나는 즉시 이 작은 동물을 내 이빨 사이로 집어넣어 조용히 만든다. 때로는 흙이 졸졸 흘러내리는 소리를 듣기도 한다. 수리가 필요하다는 것을 알려 주는 소리다. 이 경우들 말고는 조용하다. 숲에서 바람이 불어와서 따뜻하면서도 시원하다. 때로는 몸을 쭉 뻗어 편하게 통로에서 이리저리 몸을 굴러 댄다. 다가올 노후에 대비해 이런 굴을 소유하고 있고 가을이 시작될 때 지낼 거처가 마련되어 있다는 것은 멋진 일이다.

100미터마다 통로를 확장해 작은 원형 광장을 만들었다. 그곳에서 편안히 몸을 동그랗게 말아 체온으로 몸을 따뜻하게 데우며 쉴 수 있다. 집을 소유하려는 목적을 달성하고 원하던 바를 이루었기 때문에 안심하며 그곳에서 평화로운 단잠을 잔다. 이전의 오랜 습관 때문인지 아니면 나를 깨울 정도로 이 집의 위험이 큰 탓인지는 모르겠지만, 때때로 주기적으로 깜짝 놀라 깊은 잠에서 깨어나 밤이고 낮이고 변함없이 이곳을 지배하는 정적에 귀를 기울이고 또 기울인다. 그러고는 안심하며 미소 짓고는 사지의 긴장이 풀려 더 깊은 잠에 빠진다. 국도나 숲속의 집 없는 가엾은 떠돌이들은 하늘과 땅의 온갖 망가뜨림에 자신을 내맡긴 채 기껏해야 낙엽 더미 속으로 기어들어 가거나 동료들의 무리에 섞여 들어가는 게 최선일 것이다! 나는 여기 사방이 안전한 광상에 누워 있고 ─ 내 굴 안에는 이런 광장이 50개도 넘는다 ─ 내 마음대로 꾸벅꾸벅 졸거나 정신없이 자면서 많은 시간을 보낸다.

극도로 위험한 추격을 당하는 경우가 아니라 포위당하는 경우에 대비해 심사숙고하여 굴의 정중앙을 살짝 비켜난 곳에 중앙광장을 마련했다. 다른 작업들이 모두 육체노동보다 정신노동을 한층더 강도 높게 요구하는 데 반해 이 성곽광장은 모든 신체 부위를 최강도로 힘들게 사용하며 작업한 결과물이다. 육체적 피로 때문에 자포자기해서 몇 번이나 아예 손을 떼려고도 했고, 벌렁 드러누워 뒹굴며 굴에게 욕을 해 댄 뒤 몸을 질질 끌고 밖으로 나가 굴이 만천하에 열린 채로 내버려 두기도 했다. 그렇게 할 수 있었던 이유는 더이상 그곳으로 돌아가려고 하지 않았기 때문이다. 결국 몇 시간 또는 며칠이 흐른 뒤에는 후회하며 돌아가 굴이 손상되지 않은 것에 쾌재를 부르다시피 하며 진심으로 즐겁게 다시 작업을 시작했다. 또 성곽광장을 만드는 작업은 불필요하게 힘이 들었다. 공연히 작업만 많이 했지 굴에 제대로 이득을 가져다주지 못했기 때문에 불필요하다고 얘기하는 것이다. 계획대로 만들어야 할 바로 그 부분의 흙이 상당히 푸석하고 모래가 많아서, 크고 멋진 아치형의 둥그스름한 공간을 만들기 위해 그곳의 땅을 단단히 다져야 했기 때문이다. 그런데 그 작업을 할 수단이 내게는 이마뿐이었다. 밤낮으로 수천 번을 달려 흙에 이마로 박치기를 했고, 이마에서 피가 나면 행복했다. 벽이 단단해지고 있다는 증거였기 때문이다. 응당 남들도 인정하듯이 이런 방식으로 나는 성곽광장을 얻어 냈다.

이 성곽광장에 나는 비축 식량을 모아 둔다. 당장 필요한 양 이
상으로 넘치게 굴 안에서 사냥한 모든 것들, 굴 밖에서 사냥해서 가
져온 모든 것들이 여기에 쌓인다. 광장은 반 년치 비축 식량으로도
다 채울 수 없을 만큼 크다. 그래서 나는 비축 식량을 넓게 잘 펼쳐
놓고서 그 사이로 이리저리 오가며 그것으로 장난도 치고 그 양과
다양한 냄새에 기뻐하며 늘 정확한 재고도 파악할 수 있다. 그러면
항상 식량을 새롭게 배치할 수 있고 계절에 따라 필요한 식량을 미
리 파악하여 사냥 계획을 세울 수도 있다. 식량이 충분해 먹이에 무
관심해져서 이곳을 휙 스치듯 지나가는 작은 동물들을 전혀 건드리
지 않을 때도 있다. 물론 이것은 다른 이유에서는 어쩌면 신중하지
못한 일일 수도 있다. 방어 준비에 자주 골몰하다 보니 굴을 그런 목
적으로 철저히 이용하기 위해 견해를 바꾸기도 하고 발전시키기도
한다. 물론 작은 틀 내에서 말이다. 그럴 때면 때로 성곽광장을 전적
으로 방어의 근거지로 삼는 것이 위험해 보인다. 굴의 다양한 특성
이 한층 다양한 가능성을 제공해 주는 만큼 비축 식량을 조금씩 나
눠서 여러 개의 작은 광장에 보관하는 것이 더 신중한 처사라고 여
겨진다. 그래서 세 번째 광장마다 그곳을 예비 저장 공간으로 만들
거나 매번 네 번째 광장을 주 저장 공간으로, 그리고 두 번째 광장
을 부 저장 공간 내지는 그 비슷한 공간으로 정한다. 아니면 눈속임
을 위해 비축 식량을 쌓아 올려서 상당수의 길을 차단해 버리고, 중
앙 출구로 가는 위치에 따라 건너뛰면서 소수의 광장만을 선택하
기도 한다. 물론 이 모든 새로운 계획에는 힘든 짐 나르기 작업이 요
구된다. 계산을 새로 해야만 하고, 그 후에 식량을 이리저리 나른다.

물론 나는 이 일을 서두르지 않고 차분하게 진행할 수 있다. 좋은 것들을 입에 물고 나르다가 원하는 장소에서 쉬다거나 맛있는 것을 몰래 먹어 버리는 일은 그다지 나쁘지 않다. 더 나쁜 상황은 가끔 습관처럼 놀라 퍼뜩 잠에서 깼을 때 현재의 배분이 완전히 잘못되어 큰 위험이 닥쳐올 수 있다고 여겨져서, 졸음과 피곤함은 생각하지도 않고 그 즉시 최대한 서둘러 바로잡아야 한다는 생각이 드는 경우다. 그러면 나는 서둘러 날 듯이 움직인다. 따져 볼 시간이 없는 것이다. 아주 치밀한 새 계획을 실행하려고 이빨 사이로 들어오는 것을 닥치는 대로 끌고, 나르고, 한숨을 내쉬고, 신음하고, 걸려서 비틀거리기도 하지만, 현재 몹시 위험해 보이는 상황에 어떤 변화가 있게 된다면 내게는 그것으로 이미 충분할 터이다. 서서히 잠에서 완전히 깨어나 냉철해지고 왜 이토록 급하게 서둘렀는지 전혀 이해할 수 없는 순간이 오면, 나 스스로 깨트렸던 내 집의 평화를 깊숙이 흡입하며 잠자리로 돌아간 뒤 새삼 얻은 피로로 인해 즉시 잠에 곯아떨어진다. 그리고 깨어나 보면 벌써 꿈속에서 일어난 일처럼 여겨지는 야간작업의 반박할 수 없는 증거물로 가령 쥐 한 마리가 내 이빨 사이에 끼어 있다. 다음에는 또다시 모든 비축 식량을 한곳에 모아 두는 것이 가장 좋아 보이는 시기가 온다. 작은 광장들에 식량을 가져다 두는 것이 내게 무슨 도움이 되며, 또 그곳에 얼마나 가져다 둘 수 있겠는가. 그곳으로 무엇을 나르든 간에 그것이 길을 가로막아 오히려 방어하거나 도망갈 때 나를 한 차례 방해하게 될지도 모른다. 이 밖에도 어리석지만 모든 비축 식량을 한꺼번에 볼 수 없거나 무엇을 소유하고 있는지 한눈에 알 수 없으면 자부심이 손상되는 것도 사실이다. 이렇게 많이 배분해 놓으면 잃어버리는 것들이 생기지 않을까? 식량이 모두 제자리에 잘 있는지 보려고 계속해서 내가 수직 통로들과 수평 통로들을 이리저리 통과하며 뛰어다닐 수도 없는 노릇이다. 식량을 배분하려는 기본 생각은 옳지만, 그것은 내 성곽광장과 같은 광장이 많이 있는 경우에만 가능한 일이다. 더 많은 그런 광장! 확실히 그렇다! 그런데 누가 그것을 만들지? 지금 굴 전체 설계도에 추가로 더 만들어 넣을 수도 없다. 어쨌든 그 무엇이든 간에 표본이 한 개밖에 없는 곳에는 늘 결함이 있듯이, 그 점을 굴의 결함이라고 인정하고 들어가겠다. 그리고 이제 고백하자면, 어렴풋하나마 의지가 있으면 충분히 또렷이 느낄 수 있었던 더 많은 성곽광장에 대한 요구가 굴을 파는 내내 의식 속에 있었는데도 내가 그 요구에 굴하지 않았다. 엄청난 작업을 하기에 내가 너무 허약하다고 느꼈던 것이다. 그렇다. 작업의 필요성을 눈앞에 그려 보아도 나는 너무나 허약하다. 어쨌든 땅을 다지는 망치 같은 내 이마를 보호하기 위해 한 차례 예외적으로 자비를 베풀었고, 그래서 평소 같으면 부족했을지 모르지만 어쩌면 내 경우에는 충분할지 모른다는 결코 적잖은 막연한 느낌으로 나 자신을 위로했다. 그렇게 해서 이제 성곽광장을 단 하나만 갖게 되었는데, 이번에는 하나면 충분할 거라는 막연한 느낌이 온데간데없이 사라져 버렸다. 어떻든 간에 나는 그 하나로 만족해야만 한다. 작은 광장들이 성곽광장을 대체할 수는 없는 터라, 이러한 생각이 무르익으면 나는 또다시 작은 광장들에서 성곽광장으로 모조리 끌어다 놓기 시작한다. 그러고 나면 한동안은 모든 광장과 통로가 비게 되고 성곽광장에 고깃덩어리가 수북이 쌓여서 저 멀리 가장 구석 통로까지 여러 냄새가 뒤섞여 전해지는 것을 보며 큰 위로를 받는다. 이 냄새들은 각기 고유한 방식으로 나를 유혹하는데, 나는 멀리서도 이 냄새들을 식별해 낼 수 있다. 그다음에는 특히 평화로운 시기가 찾아오곤 한다. 이 시기에 나는 서서히 굴의 바깥쪽에서 안쪽으로 잠자리를 옮겨 냄새 속에 점점 더 깊이 파묻힌다. 마침내 더 이상 참지 못하고 어느 날 밤 성곽광장을 덮쳐 비축 식량을 마구 축내며 완전히 실신에 이를 때까지 내가 사랑하는 가장 좋은 먹이로 배를 채운다. 행복하지만 위험한 시기이다. 그 시기를 이용할 줄 아는 자는 위험에 처하지 않고도 쉽게 나를 제거할 수 있을 것이다. 이 점에서도 두 번째 또는 세 번째 성곽광장이 부재한다는 사실이 내게 손해를 끼치는데, 나를 유혹하는 것도 바로 한꺼번에 쌓아 올린 이 거대하고 유일한 식량 더미이다. 나는 다양한 방식으로 그것에 저항하며 나 자신을 지키려고 한다. 작은 광장들에 식량을 배분하는 것도 일종의 그런 조치인데, 유감스럽게도 이것은 다른 유사 조치들과 마찬가지로 결핍 때문에 나를 더 큰 욕망으로 이끈다. 그렇게 되면 이러한 욕망이 이성을 앞지르며 자신의 목적을 쫓아 제멋대로 방어 계획을 변경한다.

　이 시기가 지나면 나는 마음을 가라앉히기 위해 굴을 점검하고, 필요한 복구가 다 마무리된 뒤 이따금씩 잠시나마 굴을 떠나곤 한다. 그럴 때마다 장시간 굴을 떠나 있는 것이 무척 가혹한 벌처럼 여겨지지만, 때로는 잠시 보금자리를 뜨는 것도 필요하다는 사실을 나는 잘 알고 있다. 출구 가까이 다가가는 일은 늘 일종의 엄숙한 행사 같다. 굴 안에서 생활하는 동안에는 그곳을 비켜서 다니거나 심지어는 길목의 마지막에서 출구로 이어지는 통로를 피해 버린다. 그곳에 작고 멋진 지그재그 통로들을 만들어 놓고 거기서 이리저리 돌아다니는 것도 결코 쉬운 일이 아니다. 그곳에서 내 공사가 시작되었다. 당시에는 계획대로 공사를 끝낼 수 있다는 희망을 갖지 못해서 반쯤 장난삼아 이 작은 모퉁이에서 공사를 시작했고, 그곳에 미로를 만들 때 처음으로 노동으로 인한 기쁨이 솟아났다. 아마도 이게 더 맞는 말이겠지만, 당시에는 건축물의 극치처럼 보이던 이 미로를 오늘날 나는 아주 보잘것없고 굴 전체와도 잘 어울리지 않는 공작물로 평가한다. 물론 이론적으로는 훌륭할지 모르지만 — 당시 나는 눈에 보이지 않는 적들에게 이곳에 내 굴로 들어가는 입구가 있다고 반어적으로 말하고 있었고 그들 모두가 입구 쪽 미로에서 이미 질식해 숨지는 것이 보이는 듯했다 — 사실 진지한 공격이나 필사적으로 목숨을 걸고 덤비는 적에게 거의 저항조차 할 수 없을 정도로 벽이 아주 얇은 장난감에 불과하다. 그렇다면 이 부분을 다시 만들어야 할까? 결정을 주저하고 있는데, 아마도 지금 상태 그대로 내버려 둘 것 같다. 내 예상대로 대공사가 될 거라는 점은 둘째 치더라도 그 공사는 또한 상상할 수 있는 가장 위험한 작업이 될 것이다. 굴 파기 작업을 시작할 당시는 비교적 조용히 작업할 수 있었고, 다른 때와 비교해 위험이 딱히 더 크지도 않았다. 하지만 오늘날 굴 파기 작업은 세상이 온통 굴에 주목하게 만드는 무모한 일이라서 더 이상 이 작업은 가능하지 않다. 물론 이 첫 작품에 대한 모종의 감수성 또한 존재한다는 사실은 나를 기쁘게 한다. 그런데 만약 큰 공격을 받게 되면 어떤 입구 설계도가 나를 구할 수 있을까? 입구가 속이거나 주의를 돌려 놓거나 공격하는 자를 괴롭힐 수도 있지만, 그것은 공격하는 자도 필요하면 하는 일이다. 그리고 실제로 큰 공격에는 즉각 굴의 모든 총체적 수단과 나의 온 육체와 정신을 동원해서 맞서야만 한다. 이것은 지극히 당연한 일이다. 따라서 이 입구는 그냥 그렇게 두어도 될 것이다. 여전히 굴에는 내 손으로 만들어서 뒤늦게 비로소 정확히 인지된 이러한 결함도 존재하지만, 자연적으로 주어진 약점들도 많다. 물론 이 모든 사실로 때때로 또는 어쩌면 늘 이러한 결함이 나를 불안하게 만들지 않았다고 말하는 것은 아니다. 평소 산책할 때 굴의 이 부분을 비켜 가는 것은, 주로 쳐다보기 찜찜하기 때문이거나 의식 속에 이러한 결함 때문에 이미 극도의 불안이 조성되어도 굴의 결함을 늘 면밀히 관찰하고 싶지는 않기 때문이다. 저 위 입구 쪽 결함을 완전히 없앨 수는 없어도 피하는 동안만큼은 그것을 보지 않아도 될 것이다. 또 통로들과 광장들로 인해 여전히 그곳과 분리되어 있어도 출구 방향으로 가기만 하면 이미 나는 커다란 위험에 빠진 듯한 느낌에 휩싸이게 되고, 때로는 털이 듬성듬성해지다가 이내 털이 다 빠진 알몸으로 서 있는 그 순간 적들의 포효하는 소리가 나를 맞이할 것만 같다. 물론 집의 보호가 끝나는 곳을 의미하는 출구 자체가 이미 그런 느낌을 만들지만, 특히 나를 괴롭히는 것은 역시 이 출입구의 구조다. 어떤 때는 아무도 눈치채지 못하게 한밤중에 괴력을 발휘하여 재빨리 그곳을 고쳐 짓거나 완전히 새로 지어서 이제 난공불락의 장소로 거듭나는 꿈을 꾸기도 한다. 그런 일이 일어나는 꿈을 꾸는 잠이 모든 잠들 중에서도 가장 달콤한데, 이런 꿈에서 깨고 보면 수염에 기쁨과 안도의 눈물이 맺혀 여전히 반짝이고 있다.

　　따라서 굴 밖으로 나갈 때는 이 미로가 주는 고통을 육체적으로도 극복해 내야만 한다. 때로 내가 만든 건축물 안에서 한동안 헤매다가 이미 오래전에 평가를 내린 내 작품이 그런데도 자기 존재의 정당성을 증명해 보이기 위해 여전히 애쓰고 있다고 여겨질 때면,

화가 나다가도 가슴이 뭉클하다. 그 다음에는 가끔 내가 뜸하게 들락거리는 사이에 숲의 다른 토양들과 엉겨 붙어 자라 버린 이끼 아래로 간다. 그 정도로 오랫동안 나는 굴 밖으로 움직이지 않기도 한다. 이제 머리로 이끼를 한차례 그냥 툭 치기만 하면 이미 낯선 외부다. 한참 동안 이 작은 동작을 실행에 옮길 엄두를 내지 못한다. 재차 입구 쪽 미로를 극복하지 못했다면 오늘 나는 확실히 포기하고 다시 굴로 되돌아왔을 것이다. 어째서? 네 집은 닫혀 있고 보호받을 수 있으니까. 그곳에서 너는 평화롭고 따스하게 잘 먹고 지내는 주인, 수많은 통로와 광장을 소유한 유일한 주인이니까. 이 모든 것을 너는 희생시키지 않기를 바라면서도 일정 부분 포기하려고 한다. 더 정확히 말하면 그것을 되찾게 된다는 확신이 있다지만, 그래도 그 많은 것을 건 엄청나게 위험한 도박에 뛰어든단 말인가? 그럴 만한 합당한 이유가 있나? 아니다. 그런 식의 행동에는 합당한 이유가 있을 수 없다. 그래도 다음 순간 나는 여닫이 이끼 문을 조심스레 들어 올려 굴 밖으로 나온 뒤 이끼 문을 살포시 내려놓고는 들통이 날지도 모를 그 장소로부터 최대한 신속하게 질주해 달아난다.

하지만 내가 굴 바깥에서 진정한 자유를 누리는 것은 아니다. 물론 더는 통로를 통과할 때처럼 몸이 짓눌리지도 않고, 탁 트인 숲에서 사냥을 하며 몸속에 새로운 힘까지 느끼지만 말이다. 굴에는 확실히 그런 힘을 느낄 만한 공간이 없다. 심지어 성곽광장에서도. 성곽광장이 열 배 더 크다고 가정해 보아도 말이다. 먹잇감도 밖의 것이 더 좋다. 사냥은 훨씬 힘들고 성공하는 경우는 더욱 드물지만, 결과는 여러 면에서 한층 높이 평가받을 만하다. 이 모든 것을 나는 부정하지 않으며, 최소한 다른 자들처럼 그것을 인지하고 즐길 줄도 안다. 아니 어쩌면 훨씬 더 잘 알고 있는지도 모른다. 왜냐하면 나는 떠돌이처럼 무모하거나 절망적으로 사냥하는 것이 아니라 목적의식을 갖고 차분하게 사냥하기 때문이다. 또 나는 내가 자유롭게 생활하도록 정해져 그렇게 살도록 내맡겨진 존재가 아니라 내게 주어진 시간은 유한하며, 끝없이 여기서 사냥을 해야 하는 것이 아니라 이를테면 내가 원하고 이곳 생활에 지쳤을 때 초청을 거역할 수 없을 누군가가 나를 자신에게로 부를 것이라는 사실을 알고 있다. 그래서 이곳에서의 시간을 온전히 마음껏 즐기면서 걱정 없이 지낼 수 있다. 아니 오히려 그럴 수 있지만 그러지 못한다. 굴이 나를 너무 바쁘게 만든다. 입구로부터 재빨리 떠났으면서 이내 돌아온다. 숨기 좋은 장소를 찾아 내 굴의 입구를 — 이번에는 밖에서 — 수일간 밤낮으로 몰래 지켜본다. 멍청한 짓이라고 하겠지만, 그 일은 내게 이루 말할 수 없는 기쁨을 주고 나를 안심시킨다. 그렇게 되면 자는 동안 내 집 앞이 아니라 마치 나 자신 앞에 서 있는 것 같고, 푹 자면서 동시에 나를 밀착 감시할 수 있는 행운을 얻은 것만 같다. 내게는 어느 정도 뛰어난 능력이 있는데, 그것은 잠이 들어 쉽게 믿게 되고 무기력해진 상태에서만 그런 것이 아니라 실제로 완전히 깨어 있고 판단력을 잃지 않은 차분한 상태에서도 밤의 유령과 만날 수 있다는 점이다. 그리고 이상하게도 자주 그렇게 믿어 왔고 또 집으로 내려가면 다시 그런 생각이 들 텐데, 나는 내 상황이 그다지 나쁘지 않다고 본다. 이 점에서 — 아마 다른 점에서도 그렇겠지만 특히 이 점에서 — 이러한 외출은 정말 꼭 필요하다. 확실히 그렇게 신중하게 외진 곳을 입구로 선택했는데도, 일주일 동안 관찰한 결과를 종합해 보면 그곳의 왕래는 상당히 잦다. 그러나 어쩌면 살 만한 곳은 모두 그럴 것이고, 완전히 외진 곳에서 천천히 수색하는 가장 뛰어난 첫 침입자에게 내맡겨지기보다는 왕래가 더 잦은 곳에 자신을 내맡기는 편이 오히려 더 나을 것이다. 이곳에는 적들도 많고 또 그들의 동지들은 더욱 많은데, 자기들끼리 싸워 대느라 그들은 굴을 지나쳐서 질주한다. 내내 나는 정말로 입구를 살피는 자는 한 번도 보지 못했는데, 내게도 그자에게도 다행이다. 나는 분명 굴에 대한 걱정으로 무분별하게 그자의 목에 달려들었을 것이다. 물론 멀리서 낌새만 차려도 근처에 머물 용기를 내지 못하고 내가 달아나야만 하는 종족들도 왔다. 사실 굴에 대한 그들의 태도에 대해 확신을 갖고 말할 수는 없지만, 금세 돌아왔을 때 그들 중 아무도 보이지 않고 입구도 무사한 것으로 보아 충분히 안심해도 될 것 같다. 나에 대한 세상의 적대적 태도가 중단되었거나 또는 진정되었거나 아니면 굴의 위력이 나를 이제까지의 섬멸전에서 끄집어냈을지도 모른다고 스스로에게 말할 뻔한 행복한 시기도 있었다. 굴은 일찍이 내가 상상했거나 굴 안에서 내가 감히 생각했던 것보다 더 많이 나를 보호하고 있는지도 모른다. 때로는 더 이상 굴로 돌아가지 않고 여기 입구 가까이에 살림을 차리고 입구를 망보며 일생을 보내면서, 내가 굴 안에 있으면 굴이 나를 얼마나 확고하게 보호해 줄 수 있을지를 줄곧 눈앞에 그리며 행복을 찾으려는 유치한 소망을 품기까지 한다. 이제 깜짝 놀라 서둘러 유치한 꿈에서 깨어난다. 내가 여기서 관찰하게 될 보호는 대체 어떤 보호란 말인가? 내가 굴속에서 직면하게 되는 위험을 대관절 여기 바깥에서 하는 경험에 따라 판단해도 된단 말인가? 내가 굴 안에 없어도 적들이 나에 대한 낌새를 제대로 알아차릴 수 있을까? 나에 대해 어느 정도는 인지할 수 있을지 모르나 완전히 알아차리기는 어려울 것이다. 그런데 완전히 낌새로 알아차리는 것이 곧잘 통상적인 위험의 전제이지 않은가? 따라서 나를 안심시켜서 이 잘못된 안심으로 나를 극도의 위험에 빠트리는 데에는 내가 이곳에서 하는 절반 또는 10분의 1의 시도만으로도 충분하다. 아니다. 내가 생각했듯이 내가 나의 잠을 관찰하는 것이 아니라, 오히려 파괴자가 깨어 있는 동안에 잠을 자는 자가 바로 나인 것이다. 어쩌면 그자는 부주의하게 입구 근처를 지나다니면서 나와 마찬가지로 계속 문이 별 탈 없는지 확인하며 공격할 때를 기다리다가 집주인이 안에 없다는 사실을 알게 되거나 어쩌면 집주인이 천진하게 심지어 옆 덤불 속에 숨어서 기다리고 있다는 사실을 알게 되어 그냥 지나가 버리는 자들 중에 있을지도 모른다. 그래서 나는 관찰 장소를 떠난다. 바깥 생활이 지겨워지고, 지금도 이후에도 더 이상 여기서는 배울 것이 없을 것 같다. 그리고 이곳의 모든 것과 작별한 뒤 굴로 내려가 더는 돌아오지 않고 세상만사를 그냥 되어 가는 대로 내버려 두고 쓸데없는 관찰로 참견하고 싶지 않다. 그런데 오랫동안 입구 위쪽에서 일어나는 일들을 모조리 보는 습관이 잘못 들어 버리는 바람에, 이제는 그 자체로 이목을 끄는 일인 굴로 다시 내려가는 절차를 진행할 때 내 등 뒤와 그다음으로 다시 닫힌 여닫이문 뒤쪽 근처에서 무슨 일이 일어날지를 전혀 알 수 없게 된다는 사실이 몹시 괴롭다. 먼저 나는 폭풍우가 치는 밤마다 포획물을 재빨리 굴 안으로 던져 넣어 본다. 성공한 것 같다. 하지만 진짜로 성공했는지는 내가 직접 굴 안으로 들어갔을 때 비로소 드러날 것이다. 드러난다 해도 더 이상 내게는 드러나지 않거나 내게 드러나더라도 너무 늦은 뒤일 것이다. 그래서 나는 그 일을 포기하고 굴로 들어가지 않는다. 나는 구덩이를 판다. 물론 진짜 입구에서 충분히 떨어진 곳에 딱 내 길이 만 한 실험용 구덩이를 하나 파서 그 위를 이끼로 덮는다. 그 구덩이 로 기어 들어간 다음에는 위를 덮고 하루의 다양한 시간대 중 더 짧 거나 더 긴 시간을 셈하면서 신중하게 기다린 뒤 이끼를 내던지고 밖으로 나와 내가 관찰한 바를 기록한다. 좋고 나쁜 경험을 다양하 게 해 보지만 아래로 내려가는 일반 법칙이나 실수 없는 확실한 방 법을 찾아내지는 못한다. 그 결과 나는 여전히 진짜 입구로 가지 못 하고 서둘러 내려가야 한다는 생각에 낙담해 버린다. 멀리 훌쩍 떠 나 예전의 암울했던 삶을, 그러니까 나의 안전한 굴과 그 밖의 생활 의 비교가 줄곧 내게 가르쳐 주었듯이 전혀 안전하지도 않고 서로 구분되지도 않는 수많은 위험만 가득해 개별 위험을 그리 자세히 보 며 두려워하지 않아도 됐던 예전 삶을 다시 받아들이려는 결심이 나와 아주 멀게 느껴지는 것도 아니다. 그런 결심은 확실히 그냥 너 무 오랫동안 무의미한 자유 속에서 사는 바람에 생겨난 완전히 바 보 같은 짓이다. 굴은 여전히 내 것이고, 나는 그저 한 걸음만 떼면 된다. 그러면 안전하다. 의심을 모두 떨쳐 내고 이제 입구 문을 확실 히 들쳐 올리기 위해 밝은 대낮에 곧장 문을 향해 달려가 보지만 그 렇게 하지 못하고, 문을 지나쳐 달려가 나를 벌하기 위해 의도적으 로 가시덤불에 몸을 던진다. 내가 알지 못하는 죄를 벌하기 위해서. 어쨌든 결국 나는 나 자신에게 내가 옳으며 땅 위, 나무 위, 하늘에 있는 주변 모든 것에게 내가 가진 가장 소중한 것을 최소한 아주 잠 시 동안이나마 열어서 내맡기지 않고는 정말이지 아래로 내려갈 수 없다고 말할 수밖에 없다. 그 위험은 상상 속에서 만들어 낸 것이 아 니라 진짜 실제 위험이다. 그것은 내가 내 뒤를 쫓아다니도록 자극

한 실제 적이 아닐지도 모른다. 그것은 꽤나 다분히 작은 그 어떤 임의의 순진한 작은 존재, 호기심에 내 뒤를 쫓아다니다가 자신도 모르게 내게 적대적인 세계의 우두머리가 되어 버린 신경에 거슬리는 작은 존재일 수도 있고, 그렇지 않을 수도 있다. 이 경우가 다른 경우보다 결코 더 낫다고 할 수 없으며 여러 면으로 볼 때 가장 안 좋은 경우라고 하겠는데, 어쩌면 그자는 나와 같은 부류의 그 누군가로, 건축 전문가 내지는 평가자, 숲속의 어떤 은자, 평화 애호가, 하지만 직접 집을 짓지 않고 들어와서 살려고 하는 거친 무뢰한일 수도 있다. 만약 그자가 지금 나타나 추잡한 탐욕에 사로잡혀 입구를 찾아내고 이끼를 들어내는 작업에 착수한 뒤 마침내 성공해 굴 입구로 억지로 몸을 쑤셔 넣다가 어느 순간 엉덩이만 보이고 깊숙이 굴속으로 사라져 버린다면. 이 모든 일이 일어나 내가 앞뒤 재지 않고 마침내 미친 듯이 그자를 뒤쪽에서 덮쳐서 물고 뜯고 찢어발겨 단숨에 들이킨 뒤 그의 시체를 곧장 다른 포획물 속에 처박아 둔다면. 그러나 무엇보다 이 점이 가장 중요한 텐데, 만약에 내가 마침내 다시 굴속으로 들어가 이번은 기꺼이 미로에 감탄할 준비가 되어 있으면서도 우선 내 위로 이끼를 끌어당겨 쉬려고 한다면, 내 생각에 남은 생애 내내 쉬려고만 한다면. 그런데 아무도 오지 않고 나만 자신에게 의지하며 홀로 있다. 줄곧 일의 어려움에만 신경 쓰다 보니 두려움이 많이 사라져서 외견상으로도 나는 더 이상 입구를 피하지 않는다. 그 주위를 맴돌며 배회하는 것이 내가 가장 즐기는 일이 되어 버려, 이미 거의 나 자신이 성공적으로 입구로 침입해 들어가기 위해 적절한 기회를 엿보는 적이 되어 버린 것만 같다. 만약 감시 초소 대신 세워 둘 믿을 만한 누군가가 있다면 아마도 안심하고 입구로 들어갈 수 있을 것이다. 나는 내가 믿는 그자와 내가 입구를 통해 내려 갈 동안과 그 뒤에 한참 동안 자세히 지켜보다가 위험한 징후가 보일 때만 이끼 덮개를 두드리고 그렇지 않을 때는 두드리지 않기로 합의할 것이다. 이것으로 내 골칫거리는 어떠한 문제도 남기지 않고 깔끔히 해결될 것이다. 문제가 남는다고 해 봤자 내가 믿는 자 정도 랄까. 그런데 그자가 보상을 요구하지는 않을까? 최소한 그자가 굴을 보려고 하지는 않을까? 자발적으로 누군가를 내 굴 안에 들여놓는 것 자체가 내게는 이미 극도로 곤혹스러운 일이다. 나를 위해 만들었지 방문객을 위해 만든 굴이 아니다. 내 생각에 나는 그를 들어오게 놔두지 않을 것이다. 내가 굴 안에 들어갈 수 있게 만들어 준데 대한 포상이라 할지라도 나는 그를 굴 안에 들이지 않을 것이다. 그런데 사실 그를 들일 수도 없다. 그가 혼자 내려가도록 해야 할 텐데, 이것은 상상조차 할 수 없는 일이다. 그렇지 않다면 우리가 동시에 함께 내려가야 하는데, 그렇게 되면 그가 내게 주어야 할 이점, 내 뒤에서 망을 봐 주는 이점이 사라져 버릴 것이다. 그렇다면 신뢰는 어떻게 되는 것이지? 내가 직접 대면하며 신뢰하던 그자를 이끼덮개가 우리를 갈라놓아 보지 못하는 상황에서도 여전히 동일하게 신뢰할 수 있을까? 누군가를 감시하고 있거나 최소한 감시라도 할 수 있으면 동시에 그 누군가를 신뢰하기는 상대적으로 쉽다. 심지어 멀리 떨어져 있는 자를 신뢰하는 것도 가능할지 모른다. 하지만 굴속에, 전혀 다른 세계에 있으면서 밖에 있는 자를 전적으로 신뢰하기는 내 생각에 불가능하다. 하지만 아직은 그런 의심을 할 필요가 전혀 없다. 우선은 내가 굴속으로 들어가는 동안에 혹은 들어간 뒤에 삶의 수많은 우연이 내가 신뢰하는 자의 의무 이행을 방해할 수 있다는 것, 또 그가 받는 최소한의 방해가 내게 예측할 수 없는 결과를 가져다줄 수 있다는 것을 숙고하는 것만으로도 충분하다. 아니다. 종합해 보면, 내가 혼자이며 내게 믿을 만한 자가 아무도 없다는 사실에 대해 한탄할 필요가 전혀 없다. 그 사실로 인해 확실히 이 점을 잃기보다는 오히려 손해를 줄일 수 있을 것이다. 내가 믿을 수 있는 것은 오직 나 자신과 굴뿐이다. 미리 이 점에 대해 심사숙고해 지금 내가 골몰하는 경우에 대비했어야 했다. 최소한 굴을 파기 시작한 초기에는 일부 가능했을지도 모른다. 첫 번째 통로에 소리가 들릴 정도의 간격을 두고 두 개의 입구를 설계해 넣었어야 했다. 그랬다면 나는 불가피한 번거로움을 인내하면서 그중 한 입구를 통해 내려가서 재빨리 두 번째 입구로 연결되는 통로를 곧장 달려 목적에 맞게 설치되었어야 할 그곳의 이끼 덮개를 살짝 들어 올려 그곳으로부터 며칠간 밤낮으로 상황을 살피는 시도도 할 수 있었을 것이다. 그렇게 하는 것이 맞았을 것 같다. 물론 입구가 두 개면 위험도 두 배이겠지만 오직 망을 보는 용도로 생각한 입구 한 개를 아주 좁게 만들 수도 있었을 테니, 확실히 이 경우에는 그런 의구심에 대해서는 침묵했어야 한다. 이 때문에 나는 기술적 면을 따져 보기 위한 생각에 빠져든다. 다시 한 차례 완벽한 굴을 만들려는 꿈을 꾸기 시작하고, 이것이 나를 조금은 안심시킨다. 눈을 감은 채 황홀경에 빠진 내게 눈에 띄지 않게 살짝 드나들 수 있도록 만들 가능성이 확실해 보이기도 또 덜 확실해 보이기도 한다. 이렇게 드러누워서 그런 생각을 할 때면 나는 이 가능성을 아주 높게 평가한다. 하지만 그저 기술적 성과로서 높게 평가할 뿐이지 현실적 장점으로 높게 평가하는 것은 아니다.

굴

방해받지 않고 몰래 드나드는 것이 다 무슨 소용이란 말인가? 이것은 모두 불안한 정신, 불확실한 자기 평가, 너저분한 욕망, 나쁜 성질을 가리키는데, 이 성질은 굴을 마주하면 한층 더 나빠진다. 굴은 그저 거기 있을 뿐이고, 마음을 활짝 열면 평화를 불어 넣어 줄 수도 있을 텐데 말이다. 물론 지금 나는 굴 밖에 있고 다시 돌아갈 가능성을 찾고 있다. 그러기 위해서는 기술적 설비가 절실하게 필요하다. 아니 어쩌면 그다지 필요하지 않을 수도 있다. 굴을 순전히 최대한 안전하게 숨어 들어가려는 구덩이로만 치부한다면, 그것은 순간 초조하고 불안한 마음에 굴을 몹시 과소평가하는 것이 아닐까? 확실히 이 굴은 안전한 구덩이이며 또 안전한 구덩이라야만 한다. 내가 위험한 상황 한가운데에 놓여 있다고 상상할 때면, 나는 이를 악물고 모든 의지력을 발휘하여 이 굴이 오직 내 삶을 구하도록 정해진 굴인 만큼 명확하게 주어진 임무를 최대한 완벽하게 수행하기를 바란다. 그렇게 된다면 나는 굴의 다른 임무들을 모두 면제해 줄 준비가 되어 있다. 하지만 이제 실제 사정을 보면, 굴이 ― 심각한 위기 상황에서는 현실을 보지 못하는 법이지만, 안전한 시기에서조차도 현실을 보는 이러한 눈을 먼저 갖춰야 한다 ― 물론 안전도 상당 부분 제공하지만 완전히 충분하지는 않은데, 굴 안에 있으면 언젠가는 근심이 완전히 사라지게 되는 걸까? 그것은 한층 긍지를 느끼고 한층 내용이 풍부하며 자주 마음속 깊이 억눌러 온 또 다른 근심이지만, 그것의 잠식 효과는 바깥 생활이 가져다주는 근심의 효과와 동일할 것이다. 만약 굴을 오로지 생명을 지키기 위한 안전장치로서 만들었다면 기만당한 것이 아닐 수도 있지만, 최소한 내가 얼마나 안전하다고 느끼며 또 안전이라는 면에서 얼마나 이득을 보는지를 따져 보며 엄청난 작업량과 실제 안전도를 비교해 보면 내게 유리한 것만은 아닌 듯하다. 이 사실을 시인하려니 몹시 가슴이 아프지만, 지금 건축가이자 주인인 나에게 닫혀 있고 확실히 뻣뻣한 바로 저기 저 입구에 맞서는 조처를 취하지 않을 수가 없다. 하지만 굴은 그저 구호처만은 아니다! 굴의 통로들은 특별히 전체 설계도에 맞춰서 각기 내리막 또는 오르막이거나 쭉 뻗어 있거나 휘어 있고 넓어지거나 좁아지며 모두 한결같이 고요하고 텅 비어 있다. 또 각기 나름의 방식으로 역시 조용하고 텅 빈 더 많은 광장들로 나를 안내할 준비가 되어 있다. 높다랗게 쌓아 올린 비축 고기에 둘러싸여 이곳에서 시작되는 열 개의 통로들을 향해 얼굴을 돌리고 성곽광장에 서 있으면, 안전에 관한 생각은 내게서 멀리 달아나고 다음 순간 나는 이곳이 다루기 힘든 땅을 직접 긁어 대고 물어 대고 발로 다지고 찧어서 얻어 낸 나의 성곽, 그 어떤 경우에도 결코 다른 사람의 소유가 될 수 없는 나의 성곽이라는 사실을 정확히 깨닫는다. 내 피가 이곳 바닥에 스며들어 영원히 사라지지 않을 것이므로 최후에 적이 입힌 치명적인 부상도 차분히 받아들일 수 있는 이곳은 진정한 나의 소유물이다. 이것이 아니면 도대체 무엇이 내가 이 통로들에서 때로는 평화롭게 자고 때로는 즐겁게 깨며 보내곤 했던 아름다운 시간들의 의미란 말인가? 온전히 나를 위해 고려된 이 통로들, 쾌적하게 몸을 뻗고 어린아이처럼 뒹굴며 몽상에 잠겨 누워 있다가 복된 죽음을 맞이할 수 있게 만들어진 이 통로들에서 말이다. 똑같아 보이는 이 작은 공간 하나하나를 다 잘 알고 있어서 나는 눈을 감고도 벽이 휜 모양만으로 이 공간들을 분명하게 식별할 수 있다. 이 작은 공간들이 나를 평화롭고 따스하게 감싸 안는다. 그 어떤 둥지도 새를 이렇게 보듬지는 못할 것이다. 게다가 온통 고요하고 텅 비어 있다.

사정이 이러한데 나는 왜 주저하는 것일까. 어째서 내 굴을 결코 다시 보지 못하게 될 가능성보다도 침입자를 더 두려워하는 것일까. 다행스럽게도 굴을 영영 못 보게 되는 일은 이제 없다. 심사숙고해서 먼저 굴이 내게 무슨 의미인지를 명확히 할 필요도 전혀 없을 것이다. 나와 굴은 한 몸이니 차분히, 모든 두려움에도 불구하고 차분히 이곳에 정착할 수 있을 것이며, 온갖 숙고에 맞서서 입구를 열기 위해 나 자신을 극복하려는 시도조차도 할 필요가 없을 것이다. 그 무엇도 굴과 나 사이를 계속 갈라놓을 수 없고, 또 어떻게든 결국은 아주 확실히 아래로 내려갈 것이기 때문에 아무것도 하지 않고 그저 기다리기만 해도 충분할 것이다. 물론 그때까지 얼마나 많은 시간이 흐를 것이며, 그 시간 동안 여기 위쪽뿐만 아니라 저기 아래쪽에서도 얼마나 많은 일이 일어날 것인가? 그리고 그 기간을 단축시키고 꼭 필요한 일을 당장 해치우는 것은 오직 내게 달려 있다.

그런데 이제 피곤한 나머지 이미 생각이 멈춰 버려서 고개를 떨구고 다리를 가누지 못하는 채로 반은 졸며 걷는다기보다는 오히려 더듬거리며 입구 쪽으로 다가간다. 그러고는 천천히 이끼를 들어 올려 서서히 아래로 내려간다. 정신이 없어서 꽤 한참 동안 입구를 덮지도 않고 내버려 두었다가 놓친 것이 생각나서 수습하기 위해 다시 위로 올라간다. 그런데 도대체 왜 위로 올라가는 거지? 그저 이끼 덮개만 끌어당겨 잘 덮으면 되는데. 그래서 다시 아래로 내려가 이제 마침내 이끼 덮개를 끌어당겨 덮는다. 이 상태에서만, 오로지 이 상태에서만 이 일을 수행할 수 있다. 그런 뒤라야 이끼 아래에서, 피와 육즙이 주변에 흥건한 끌고 들어온 포획물 위에 누워 그토록 그립던 잠을 잘 수 있다. 그 무엇도 나를 방해하지 않고 아무도 나를 쫓아오지 않는다. 이끼 위쪽은 적어도 지금까지는 조용한 것 같다. 그리고 설사 조용하지 않다고 하더라도 이제는 감시하며 지낼 수는 없다고 생각한다. 장소도 바뀌었을 뿐만 아니라 지상 세계로부터 내 굴로 돌아왔다. 나는 즉각 굴의 영향력을 느낀다. 새 힘을 불어넣어 주는 새로운 세계다. 그리고 저 위쪽에서는 피곤했던 것이 여기서는 그렇지 않다. 여행에서 돌아와서 과로로 인해 제정신이 아닐 정도로 몹시 피곤하다. 하지만 옛집과의 재회, 나를 기다리는 정리 작업, 공간들을 서둘러 모조리 최소한 대충이라도 돌아봐야 할 필요성, 그러나 무엇보다 최대한 서둘러 성곽광장으로 전진해야 한다는 필연성, 이 모든 것들이 나의 피곤함을 불안함과 열의로 바꿔 놓는다. 마치 내가 굴 안에 들어선 순간 길고 깊은 잠을 자고 난 듯이 말이다. 첫 작업은 몹시 힘이 들고 나를 온전히 필요로 한다. 그것은 바로 미로의 좁고 벽이 약한 통로들을 통과하며 포획물을 운반하는 일이다. 온 힘을 다해 앞으로 밀어 대니 되기는 한다. 그런데 너무 느리다. 속도를 높이기 위해 고깃덩어리 일부를 떼어 뒤에 남겨 둔 뒤 고깃덩어리 위를 타 넘어 그 사이를 지나간다. 이제는 한 조각만 내 앞에 있다. 이제 그것을 앞으로 끌고 가기는 훨씬 수월하다. 하지만 숨이 자주 막힐 정도로 좁은 이 통로 안에서 나는 내 비축 식량의 고기 무더기 한가운데에 있다. 나 혼자여도 통과해 지나가기가 여전히 쉽지 않을 좁은 통로에서 말이다. 때로 나는 그저 먹거나 마셔 가며 몰려드는 음식물로부터 나를 보호할 수 있을 뿐이다. 하지만 머지않아 성공적으로 운반을 끝낸다. 미로를 지나온 뒤 안도의 한숨을 내

쉬며 정식 통로에 들어선다. 연결 통로를 지난 뒤에는 그러한 경우에 대비하여 특별히 만들어 둔 중앙 통로로 포획물을 내몬다. 경사가 심한 중앙 통로는 아래쪽 성곽광장으로 통한다. 이제 더 이상 일은 없다. 이제 모조리 저절로 굴러가고 흘러 내려간다. 마침내 나의 성곽광장에 도착! 이제 드디어 쉬어도 된다. 변한 것은 아무것도 없고, 비교적 큰 사고도 없었던 것 같다. 첫눈에 알아챈 작은 손상들은 금방 수리될 것이다. 다만 그 전에 장시간 통로를 따라서 다니게 될 텐데, 그것은 친구와 수다 떠는 것만큼이나 힘이 들지 않는 일이다. 내가 예전에 그렇게 했듯이, 또는 — 아직 나이가 그렇게 많이 든 것도 아닌데 벌써 수많은 기억이 완전히 희미하다 — 내가 그렇게 했거나 그런 일이 일어나곤 했다고 들은 바대로. 이제 나는 의도적으로 천천히 두 번째 통로를 돌아본다. 성곽광장을 본 뒤에는 시간이 무한정 남는다. 굴 안에서는 늘 시간이 무한정이다. 그곳에서 내가 하는 일이 모두 훌륭하고 중요하며 어느 정도 나를 만족시키기 때문이다. 두 번째 통로의 검사를 시작했다가 도중에 중단하고 세 번째 통로로 넘어간 뒤 다시 성곽광장으로 돌아간다. 물론 이제 다시 두 번째 통로 검사에 새롭게 착수해야 한다. 나는 이렇게 유희하듯이 일하며 일을 더 늘리고, 혼자 웃고 기뻐하면서 일이 많아 온통 혼란스러워도 일에서 손을 떼지 않는다. 통로들과 광장들, 무엇보다 너 성곽광장이여, 너희 때문에 내가 왔다. 오랫동안 목숨을 잃을까 봐 떨며 너희에게 돌아오는 시기를 지체한 바보 같은 일을 한 이후로 나는 내 목숨은 아무것도 아니라고 여겼다. 이제 내가 너희 곁에 있는데 위험한들 무슨 상관이란 말인가? 너희는 나에게, 나는 너희에게 속해 있다. 우리가 서로 연결되어 있는데 우리에게 무슨 일이 일어날 수 있단 말인가. 위쪽에 또 이미 그 종족이 몰려와서 주둥이로 이끼를 건드려 열어젖힐 준비가 되어 있을지도 모르지만 말이다. 이제 적막한 텅 빈 굴이 나를 맞이하며 내 말을 확인시켜 준다.

그런데 이제 일종의 나태함이 엄습해 와서 나는 내가 좋아하는 장소들 중 하나인 어느 광장에서 몸을 약간 둥글게 말아 오므린다. 시간이 오래 걸렸는데도 아직 모든 곳을 다 답사하지 못했다. 하지만 당연히 계속해서 끝까지 답사할 것이다. 여기서 자지는 않을 거다. 그저 잘 때와 같은 준비 상황을 이곳에 마련하려는 유혹에 넘어간 것일 뿐이다. 여전히 예전처럼 이곳에서 잘 잘 수 있는지 살펴보려는 것이다. 성공이다. 하지만 유혹을 뿌리치는 데 실패해 이곳에서 깊은 잠에 빠져 버린다. 모르긴 몰라도 아주 오래 잤나 보다. 저절로 사라지는 잠의 끄트머리에서 비로소 깨어났다. 거의 들리지도 않는 쉬쉬 소리에 깬 것을 보니 지금 이미 상당히 얕은 잠을 잔 게 틀림없다. 나는 즉시 알아차렸다. 내가 너무 소홀히 감독하고 너무 많이 보호해 준 작은 동물이 내가 없는 동안에 어딘가에 새로운 길을 뚫었고, 이 길이 오래된 길과 붙어 버려 그곳에서 공기가 막혀 쉬쉬 소리가 나는 것이다. 이 무슨 쉬지도 않고 활동하는 종족이란 말인가. 부지런해서 너무 성가시다! 통로 벽에 귀를 대고 정확히 들어 가며 시험 삼아 구멍을 파서 방해 장소를 먼저 확인해야만 비로소 그다음에 그 소리를 제거할 수 있을 것이다. 좌우간 어떤 식으로든 굴의 상황에 맞기만 하면 새 구멍은 새로운 환기구로 나의 환영도 받을 수 있다. 그러나 나는 이제까지보다 한층 더 그 작은 동물에 유의할 것이다. 그 무엇도 보호해 주지 않겠다.

많은 실습을 해 본 터라 그런 조사는 그리 오래 걸리지 않아서 나는 즉각 조사에 착수할 수 있다. 물론 다른 일도 있지만 이 일이 가장 시급하다. 내 통로들은 조용해야만 한다. 그나저나 이 소리는 비교적 해를 덜 끼친다. 돌아왔을 때 확실히 그 소리가 이미 존재했는데도 나는 그 소리를 전혀 듣지 못했다. 그 소리를 듣기까지는 먼저 다시 집에 완전히 익숙해져야만 했다. 그것은 확실히 집주인의 귀에만 들리는 소리다. 평소 그런 소리들이 으레 그렇듯이 소리가 계속 나는 것은 아니다. 한참 동안 소리가 안 날 때도 있는데, 그것은 분명 공기의 흐름이 막힌 탓이다. 조사를 시작해 보지만 파야 할 장소를 발견하기가 쉽지 않다. 몇 군데 파 보기는 하지만 그냥 되는 대로 팔 뿐이다. 당연히 아무런 성과도 없고, 땅을 파는 대규모 작업과 땅을 다시 덮고 평평하게 만드는 더 큰 작업 모두 헛수고다. 나는 소리가 나는 장소에 전혀 가까이 다가가고 있지 않다. 간격을 두고 규칙적으로 변함없이 계속해서 소리가 약하게 난다. 한 번은 쉬쉬거리는 듯하다가, 다른 한 번은 휘파람 부는 듯한 소리가 난다. 이제 그 소리를 잠시 그냥 내버려 둘 수도 있을 것이다. 몹시 방해가 되기는 하지만 내가 추측한 소리의 진원지는 거의 의심의 여지가 없으며, 따라서 그 소리는 좀처럼 커지지 않을 것이다. 이와 반대로 ― 물론 이제까지 그리 오래 기다려 본 적은 한 번도 없다 ―그런 소리는 시간이 지나면 구멍을 뚫는 작은 동물들이 계속 작업하는 와중에 저절로 사라질 수도 있다. 그리고 그것과는 별개로, 종종 체계적인 수색은 오랫동안 헛수고하게 만드는 반면에 우연이 방해의 단서를 쉽게 제공하기도 한다. 그렇게 자신을 위로하면서 차라리 계속 통로들을 돌아다니며 아직 다시 다 보지 못한 많은 광장들을 방문하고, 막간에 틈나는 대로 성곽광장에서 약간 돌아다니고 싶다. 그런데 상황이 날 그리 내버려 두지 않는다. 계속 수색해야만 한다. 많은 시간, 더 유용하게 쓸 수도 있을 많은 시간을 이 작은 종족이 내게서 빼앗아 간다. 그런 기회가 있을 때 나를 유혹하는 것은 대개 기술적인 문제다. 예를 들어서 숙달된 내 귀가 모든 세세한 부분까지 구별하며 아주 정확히 기억하는 소리에 따라 그 소리가 발생한 원인을 상상해 보는데, 그러면 이제 그것이 현실에 부합하는지 검토하고 싶어 견딜 수 없을 지경에 이른다. 이것은 타당한 이유를 갖는데, 그저 벽에서 떨어져 나온 모래알 하나가 어디로 굴러갈지를 알아내는 것이 사안이 될 때조차도 이곳에서는 확인 절차가 따르지 않는 한 역시나 안전하다고 느낄 수 없기 때문이다. 그리고 심지어 이 점에서 그러한 소리, 그 소리는 제법 중요하다. 그러나 중요하든 중요하지 않든 아무리 열심히 수색해도 아무것도 발견하지 못한다. 아니 오히려 너무 많은 것을 발견하게 된다. 하필이면 내가 좋아하는 광장에서 이런 일이 일어나야 했다니. 이런 생각을 하며 나는 그곳에서 상당히 멀리 떨어진 다음 광장으로 가는 길 한가운데쯤으로 간다. 나는 이 모든 일을 실은 내가 좋아하는 광장만 내게 이런 방해를 초래하는 것이 아니라 다른 곳에서도 방해가 있을 수 있다는 것을 증명해 보이기 위한 일종의 장난이라고 여기며 미소를 띤 채 귀를 기울이다가 이내 미소를 거둔다. 정말로 똑같은 쉬쉬 소리가 이곳에서도 나기 때문이다. 물론 때때로 나는 이게 별다른 소리가 아니며, 나 외에는 아무도 그 소리를 듣지 못할 것이라고 생각한다. 비교해 보면 확신이 들 만큼 확실히 실제 지금 사방에서 나는 소리가 아주 정확히 똑같은데도, 숙련되어 예민해진 내 귀에는 점차 더욱 또렷하게 들린다. 벽에 직접 귀를 갖다 대고 듣지 않고 통로 정중앙에서 듣게 되면 그 소리는 또 내가 인지한 바대로 더 커지지는 않는다. 따라서 전체적으로 애를 쓰며 확실히 몰두할 때 그나마 여기저기서 소리의 숨결을 듣기보다 오히려 더 많은 추측을 하게 된다. 하지만 모든 장소에서 소리가 동일하게 난다는 바로 그 점이 가장 신경 쓰인다. 나의 원래 가정과 일치하지 않기 때문이다. 내가 소리의 원인을 제대로 추측했다면, 발견 가능한 바로 그 특정 장소에서 소리가 가장 크게 나고 그다음부터는 점점 작아져야만 했다. 그런데 내 설명과 들어맞지 않으니 그렇다면 뭘까? 그러나 여전히 다음과 같은 가능성은 남아 있다. 소리의 진원지가 두 군데인데, 여태까지 그 진원지들로부터 멀리 떨어진 곳에서만 귀를 기울였던 것이다. 그래서 그중 한 진원지로 가까이 가면 그곳의 소리는 커지는 반면에 다른 진원지의 소리는 줄어들게 되어, 그 결과 전체적으로 소리가 귀에 늘 거의 동일하게 들렸던 것이다. 이미 나는 세심히 들으면 상당히 불명확하기는 해도 이 새로운 가정에 부합하는 소리의 차이를 인식할 수 있다고 거의 믿게 되었다. 어떻든 이제껏 해 왔던 것보다 조사 범위를 훨씬 더 넓혀야 했다. 이러한 이유로 통로를 따라 성곽광장으로 내려가 그곳에서 귀를 기울인다. 기이하다. 이곳에서도 같은 소리가 난다. 자, 이건 내가 부재중인 시기를 파렴치한 방식으로 온전히 이용한 그 하찮은 동물들이 땅을 파느라 생긴 소리다. 어쨌든 그들의 의도는 나에 대한 반감과는 거리가 멀다. 그들은 그저 열심히 작업할 뿐이며, 중간에 장애물이 나타나지 않는 한 한번 선택한 방향을 고수하는 것이다. 이 모든 것을 아는데도, 그들이 성곽광장에 접근하기를 감행했다는 점이 이해가 안 되고 나를 자극할 뿐만 아니라 작업에 몹시 필요한 판단력조차 흐리게 한다. 이 점에서 나는 어쨌든 성곽광장이 위치한 곳의 현저한 깊이 때문인지, 아니면 광활한 넓이와 땅 파는 자를 놀래키는 그에 상응하는 강력한 공기의 움직임 때문인지, 아니면 단순히 그곳이 성곽광장이라는 사실, 그 장소의 축제 같은 분위기가 어떤 소식통을 통해 그들의 무딘 감각에까지 밀고 들어간 때문인지 딱히 따지고 싶지 않다. 어쨌든 이제까지 성곽광장의 벽에서 파인 구멍은 관찰하지 못했다. 강력한 발산물에 이끌려 동물들이 떼지어 몰려오면 이곳에서 나는 확실한 사냥감을 얻었다. 그러나 그들은 위쪽 어딘가를 파서 내 통로들 안으로 뚫고 들어왔고, 불안했지만 몹시 끌려서 내 통로들로 내려왔던 것이다. 그리하여 이제는 그들이 통로 안쪽에도 구멍을 내 버린 것이다. 최소한 내가 청년기와 장년기 초기에 세웠던 가장 중요한 계획들을 실행했더라면, 아니 의지는 충만했으니 차라리 그 계획들을 수행할 힘이라도 있었더라면. 내가 좋아하던 이런 계획들 중 하나는 성곽광장을 그것을 둘러싸고 있는 지면과 분리시키는 일, 다시 말해 성곽광장의 벽을 대략 내 키에 상응하는 두께로 남겨 두고 안타깝게도 지면과 분리되지 않는 작은 기반을 제외하고는 성곽광장을 빙 둘러 가면서 벽 넓이 정도의 빈 공간을 마련하는 것이었다. 이 빈 공간에서 나는 늘 그리고 거의 당연하다시피 내게 있을 수 있는 최고의 멋진 체류를 상상해 왔었다. 이 둥그스름한 곳에 매달리고 올라갔다 미끄러져 내려오기, 공중제비 돌기, 다시 땅 디디기, 그리고 이 모든 놀이를 성곽광장의 실제 공간 안에서가 아니라 확실히 성곽광장 본체 위에서 하기. 성곽광장을 피하고 그곳으로부터 시선을 돌려 눈을 쉬게 하기, 성곽광장을 보는 기쁨을 나중으로 미루기, 그럼에도 성곽광장 없이 지내지 않으며 그것을 발톱으로 확실히 움켜잡기. 이것들은 성곽광장으로

굴

가는 통상적인 진입로 하나만 있는 경우에는 불가능하다. 무엇보다 성곽광장을 감시하며 지킬 수 있게 되면, 말하자면 성곽광장의 모습을 볼 수 없는 대신에 성곽광장과 빈 공간 중 하나를 선택해야 할 때 확실히 빈 공간을 선택해 평생 그곳을 오르락내리락하며 성곽광장을 늘 지키는 식으로 보상받게 되면 벽에서 소리가 사라질 것이고, 광장 부근까지 구멍을 파서 들어오는 뻔뻔한 일도 없게 될 것이다. 그러면 그곳에 평화가 보장되고 나는 평화의 수호자가 될 것이다. 그리고 작은 종족의 땅 파는 소리에 반감을 갖고 귀 기울이는 대신에 지금 내게서 완전히 사라져 가는 그 무엇인 성곽광장의 적막 속 살랑거리는 소리에 황홀하게 귀를 기울여야만 할 것이다. 하지만 이제 이 모든 아름다운 것들은 더 이상 존재하지 않으며, 나는 작업을 해야만 한다. 내가 날개가 돋친 듯 고무된 것을 보니, 지금 이 작업이 성곽광장과 또한 직접 연관되어 있다는 사실이 거의 기쁘기까지 한 모양이다. 물론 점차 드러나게 되듯이 처음에는 완전히 별것 아닌 듯이 보이던 이 작업에 내 힘을 모조리 쏟아붓게 된다. 이제 나는 성곽광장의 벽에 귀를 바싹 갖다 대고 듣는데, 높은 곳이든 낮은 곳이든, 벽이든 바닥이든, 입구 쪽이든 안쪽이든 간에 내가 귀 기울이는 곳 어디에서나 똑같은 소리가 들린다. 이렇게 오랫동안 간헐적으로 울려 대는 소리에 귀 기울이는 행동에는 또 얼마나 많은 시간과 노력이 드는지. 본인이 원하면, 귀를 땅바닥에서 뗐을 때 통로와 달리 여기 성곽광장에서는 공간이 커서 아무 소리도 들리지 않는다는 점에서 자기기만을 위한 작은 위로를 찾을 수도 있다. 나는 오직 쉬거나 숙고하기 위한 목적에서 이런 시도를 자주 하는데, 집중해서 귀 기울여도 아무 소리도 들리지 않으면 행복하다. 그런데 그건 그렇다치고 대체 무슨 일이 일어났던 것일까? 이 현상 앞에서 나의 첫 번째 설명은 완전히 거부당하고 만다. 하지만 내게 떠오르는 다른 식의 설명들도 나는 거부할 수밖에 없다. 내가 듣는 것이 바로 아주 작은 동물 자체의 작업 소리라고 생각할 수도 있을 것이다. 하지만 이 생각은 모든 경험과 상충된다. 늘 존재했는데도 불구하고 내가 한 번도 듣지 못하던 소리를 갑자기 듣게 될 리는 없다. 굴 안에서 지내며 해가 바뀔 때마다 방해에 더 민감해졌으면 몰라도 청력이 더 좋아진 것은 결코 아니기 때문이다. 소리가 들리지 않는 것이 바로 작은 동물의 본질이다. 그렇다면 예전에는 평소 내가 이 작은 동물을 참아 냈단 말인가? 굶어 죽는 한이 있어도 나는 그것을 절멸시켰을 것이다. 그런데 어쩌면 내가 아직 알지 못하는 어떤 동물일 수 있다는 생각도 슬그머니 든다. 가능한 일이다. 이미 오랫동안 충분히 주도면밀하게 이곳 아래쪽 생활을 관찰해 왔지만, 세상은 각양각색이고 놀랄 만한 나쁜 일들이 생기지 말라는 법도 결코 없다. 그러나 그것은 한 마리가 아니라 갑자기 내 영역으로 침입한 커다란 무리일 수도 있다. 소리가 들리기 때문에 작은 동물보다 우위에 있다고 여겨질 뿐이지 작업 소리 자체가 미미한 것으로 보아 아주 작은 동물보다 약간 큰 역시나 작은 동물의 커다란 무리일 것이다. 따라서 미지의 동물일 수 있다. 그것들은 그저 이동해 지나가면서 나를 방해할 뿐 금방 행렬이 끝날 것이다. 따라서 그저 기다리기만 하면 되고 결과적으로 불필요한 작업을 할 필요도 없다. 그런데 낯선 동물인데 왜 보이지 않는 걸까? 이제 그것들 중 한 마리라도 잡아 보겠다고 벌써 많은 구멍을 팠지만, 단 한 마리도 발견하지 못한다. 문득 어쩌면 극히 작은, 내가 알고 있는 것보다 훨씬 작은 동물인데, 그들이 내는 소리만 클지 모른다는 생각이 든다. 그 때문에 나는 파헤친 흙을 조사한다. 작은 조각으로 부수려고 흙덩이를 공중으로 던져 보지만, 그 속에도 소음을 내는 장본인은 없다. 서서히 나는 그렇게 마구잡이로 작은 구멍들을 파서는 아무것도 도달할 수 없다는 사실을 깨닫는다. 그것으로 나는 내 굴의 벽만 파헤칠 뿐이며, 여기저기 황급히 긁어 대지만 구멍을 다시 덮을 시간이 없다 보니 이미 많은 곳에 길을 막고 시야를 차단하는 흙더미들이 쌓여 있다. 물론 이 모든 것은 단지 부수적으로 내 신경을 건드릴 뿐이다. 이제 나는 돌아다닐 수도 없고 여기저기 둘러볼 수도 없다. 쉴 수도 없고, 자주 작업하다가 마지막 순간에 반쯤 졸며 일부를 허물어 내기 위해 위쪽 흙을 발로 할퀴다가 그 상태 그대로 아무 구멍에서나 잠깐씩 잠이 든다. 이제 내 방식을 바꿀 것이다. 소리가 나는 방향으로 정식으로 큰 구덩이 하나를 파고, 모든 이론과는 별개로 소리의 진짜 원인을 찾기 전까지는 파기를 멈추지 않을 것이다. 그러고 나서 내 힘이 닿으면 찾아낸 원인을 제거할 것이고, 그렇게 하지 못해도 최소한 확신만은 가질 것이다. 이러한 확신은 내게 안도감 아니면 절망을 가져다주겠지만, 이것 아니면 저것일 테니 둘 중 그 무엇이어도 의심할 여지가 없고 정당하다. 이러한 결심을 하니 마음이 편해진다. 내가 이제껏 했던 일들이 모두 성급했던 것 같다. 자백하건대, 굴로 되돌아와 흥분 상태에서 여전히 지상 세계의 근심에서도 벗어나지 못하고 굴 안의 평화에도 온전히 받아들여지지 못한 채 그리 오랫동안 굴 없이 지내야 했던 사실에 지나치게 예민해지다 보니, 기이한 현상 하나가 내가 온갖 것을 다 의식하게 만들었던 것 같다. 도대체 뭐지? 한동안 중단되었다가 들리는 나지막한 쉬쉬 소리. 별것 아닌 적응 가능한 소리라고 말하고 싶지는 않다. 아니, 그 소리에 적응하는 것 자체가 불가능하다. 하지만 그것에 대항해 사전에 무언가를 도모하지 말고 한동안 그것을 관찰하는 것, 나처럼 무언가를 찾기 위해서가 아니라 내면의 불안에 상응하는 무언가를 하기 위해 벽을 따라 귀를 갖다 대면서 소리가 감지될 때마다 거의 매번 땅을 파헤치는 행동을 하는 대신에 두세 시간 간격으로 기회가 될 때마다 귀를 기울이고 그 결과를 참을성 있게 기록하는 것은 가능하다. 이제는 달라지기를 바란다. 그러면서 ― 눈을 감고 스스로에게 몹시 화가 나서 자백하자면 ― 다시금 그것을 바라지 않기도 한다. 왜냐하면 내가 여전히 몇 시간 전부터 똑같이 불안에 떨고 있어서 만약 이성이 제지하지 않으면 아마도 기꺼이 어떤 장소든지 상관없이 아무 곳이나, 그곳에서 무슨 소리가 들리든 말든 우둔하고 고집스럽게 그저 파기 위해 땅을 파기 시작할 것이기 때문이다. 맹목적으로 땅을 파거나 아니면 단지 흙을 먹기 때문에 땅을 파는 그 작은 동물과 별반 다르지 않게 말이다. 이 이성적인 새 계획은 나를 유혹하기도 하고 유혹하지 않기도 한다. 그 계획에 이의를 제기할 만한 점은 아예 없다. 적어도 나는 이의가 없고, 내가 이해하는 한 그 계획은 목표에 도달할 것이다. 그런데도 나는 근본적으로 그 계획을 믿지 않는다. 거의 믿지 않다 보니 생길지도 모를 놀라운 결과가 전혀 두렵지 않다. 나는 절대로 깜짝 놀랄 결과라는 것을 믿지 않는다. 그렇다. 어쩌면 그 소리가 처음 등장한 순간부터 이미 그러한 일관된 땅파기에 대해 생각했을지도 모른다. 단지 내가 그 작업에 대한 믿음이 없었기 때문에 여태 그 일을 시작하지 못했던 것 같다. 물론 나는 그래도 땅파기를 시작할 것이다. 내게 다른 가능성이 없더라도 작업을 곧장 시작하지는 않고 약간 미뤄 둘 것이다. 마땅히 나의 이성을 인정하는 순간 이 일을 해야 할 것이니, 무턱대고 이 일에 덤벼들지는 않을 것이다. 어쨌든 그 전에 내가 파 헤집어 굴에 초래한 파손된 부분을 원상태로 되돌려놓을 것이다. 시간이 걸리더라도 꼭 필요한 작업이다. 새로운 땅 파기가 목표에 도달하게 되어 있다면 아마도 그것은 긴 작업이 될 것이고, 실패하게 되어 있다면 끝없는 작업이 될 것이다. 좌우간 이 작업은 장기간 굴에서 떨어져 지내는 것을 의미한다. 이것은 저 지상에서 지냈던 것처럼 그리 나쁜 일은 아니다. 내가 원하면 일을 중단하고 방문차 집으로 돌아올 수도 있다. 그리고 심지어 내가 그렇게 하지 않아도 성곽광장의 공기가 내 쪽으로 불어와 일하는 동안 나를 감싸 줄 것이다. 그래도 그것은 굴에서 멀어지는 것, 불확실한 운명에 몸을 내맡기는 것을 의미한다. 그 때문에 나는 굴을 내 뒤에 잘 정돈된 상태로 남겨 둘 것이다. 평온을 위해 고군분투하는 자인 내가 스스로 그 평온을 깨트리고서 즉시 원상 복구하지 않았다는 말을 들어서는 안 된다. 그래서 나는 흙을 긁어 구멍을 메우기 시작한다. 내가 잘 아는 작업이고, 셀 수도 없이 여러 차례 거의 일이라는 생각조차 하지 않고 했던 작업이며, 특히 마지막에 땅을 다지고 평평하게 고르는 일은 ― 확실히 그냥 자화자찬이 아니라 그야말로 진실이다 ― 내가 탁월하게 해낼 수 있는 작업이다. 하지만 이번에는 힘들 것이다. 너무 주의가 산만하고 일하는 도중에 계속 벽에 귀를 갖다 대고 듣느라고, 채 퍼 올리지도 않은 흙이 다시 내 아래쪽으로 비탈을 따라 흘러내려도 무심하게 내버려 둔다. 한층 주의를 요구하는 마지막 미화 작업은 거의 해내지도 못한다. 보기 흉하게 볼록 튀어나온 곳이나 신경에 거슬리는 틈새들이 남게 되었다. 또 전반적으로 그런 식으로 수리하다 보니 벽의 예전 곡선이 다시 살아나지 않는 것은 말할 필요조차 없다. 나는 이것이 그저 임시 작업에 불과하다며 나 자신을 위로하려 든다. 내가 돌아와 다시 평화를 누리게 되면 나는 최종적으로 모조리 개선할 것이고, 그렇게 되면 모든 일이 순식간에 처리될 것이다. 그렇다. 동화에서는 모든 일이 순식간에 일어나고 이런 위로도 동화에 속하는 것이지만, 지금 당장은 자꾸 일을 중단하고 통로를 따라 돌아다니면서 소리가 나는 새로운 장소를 확인하는 것보다는 일을 완벽하게 처리하는 것이 더 낫고 쓸모 있을 것이다. 소리가 나는 장소를 찾아다니는 일은 원하는 장소에 멈춰서서 귀만 기울이면 되니 정말 아주 쉽다. 그런데 나는 또 다른 쓸데없는 발견을 하게 된다. 때로는 소리가 중단되었다고 느껴질 만큼 긴 휴지기가 찾아오기도 하고, 때로는 그러한 쉬쉬 소리는 흘려듣고 귓속에서 혈맥이 유난스레 뛰는 소리만 듣게 되는데, 그렇게 되면 두 휴지기가 하나로 합쳐져 잠시나마 쉬쉬 소리가 영원히 끝났다고 믿게 된다. 나는 더 이상 계속해서 귀 기울이지 않고 펄쩍 뛰어오른다. 마치 굴의 정적이 흘러나오는 근원이 열리기라도 하듯이 삶이 온통 급격히 달라진다. 발견한 바를 즉시 확인하기를 경계하고, 미리 의심하지 않고 발견한 바를 믿고 털어놓을 수 있는 누군가를 찾기 위해 성곽광장을 향해 내달린다. 그러고는 자신의 모든 것과 더불어 새 삶에 눈뜨느라 벌써 한참 동안 아무것도 먹지 못했다는 사실을 떠올리고는, 흙 속에 반쯤 묻어 두었던 비축물에서 무언가를 잡아채서 끌어내 믿기지 않는 발견을 한 장소로 되돌아 달려가는 동안 여전히 그것을 게걸스럽게 먹어 댄다. 처음에는 그저 부수적으로, 먹는 동안 그저 신속히 한 번 더 그 사안을 확인하려고 든다. 얼핏 귀를 기울였을 뿐인데 창피하게도 착각했다는 사실이 금세 드러난다. 끄떡도 않고 저기 멀리 떨어진 곳에서 쉬쉬 소리가 나고 있다. 먹이를 뱉어내 바닥에 대고 밟아 버린 뒤 작업을 하러 돌아가려는데 어떤 작업을 하러 가야 할지 모른다. 작업이 필요하다고 여겨지는 그 어딘가로. 그런 장소들은 충분히 널려 있다. 그저 감독관이 와 있어서 그에게 코미디를 연기해 보여야 하듯이 기계적으로 무언가를 하기 시작한다. 하지만 그런 식으로 잠시 작업을 하기가 무섭게 새로운 발견을 하게 된다. 소리가 더욱 커진 것 같다. 물론 훨씬 더 크지는 않다. 늘 여기서는 가장 미세한 차이만이 문제가 되는데, 아무튼 약간 더 크고 귀에 또렷하게 들린다. 그리고 이렇게 소리가 커지는 것을 보니 더 가까이 다가오고 있는 모양이다. 분명 더 가까이 다가오는 발걸음을 바라볼 때 들리는 한층 커지는 소리보다 훨씬 더 또렷하게 들린다. 벽에서 튕겨 나오듯이 떨어져 나와 이 발견이 초래하게 될 모든 가능성을 한눈에 파악하려고 한다. 애당초 단 한 차례도 굴을 공격에 대비하기 위한 방어 목적으로 만들지 않았던 것 같은 느낌이 든다. 방어용으로 만들 의도가 있기는 했지만, 공격당할 위험이 모든 삶의 경험과는 상반되는 것 같아서 방어 시설들은 관심 밖의 일이었다. 아니, 관심 밖의 일은 아니었지만 (어찌 그럴 수 있겠나!) 굴 안 여기저기에서 우선순위를 두었던 평화로운 삶을 위한 시설들보다는 서열상 한참 아래에 있었다. 기본 설계도를 건드리지 않고도 많은 것을 그런 방향으로 설치할 수 있었을 텐데, 이해할 수 없게도 기회를 놓쳤다. 이 여러 해 동안 나는 상당히 운이 좋았고, 행운으로 인해 나의 버릇은 나빠졌다. 불안하기도 했지만, 행운 가운데 느끼는 불안은 없는 것이나 마찬가지다. 사실 지금 가장 먼저 해야 할 일은 정확히 방어와 방어할 때 상상할 수 있는 모든 가능성을 염두에 두면서 굴을 시찰하고, 방어 계획과 그 계획에 포함되는 설계도를 완성한 뒤 젊은이처럼 활기차게 즉각 작업에 착수하는 일일 것이다. 그것은 꼭 필요한 작업일 것이다. 말이 나온 김에 얘기하자면, 당연히 너무 늦긴 했어도 꼭 필요한 작업임에 틀림없다. 이 작업은 당장은 아니어도 언젠가 닥칠 수도 있는 위험을 어리석게 두려워하며 무방비 상태로 온 힘을 다해 위험 요소를 찾아내는 데 전념하겠다는 목표밖에 없는 거대한 탐사용 땅파기는 결코 아닐 것이다. 갑자기 나는 나의 예전 계획을 이해할 수가 없다. 예전에는 현명하다고 여겼던 계획에서 최소한의 이성적인 면조차 발견할 수가 없어서, 또다시 그 작업과 귀 기울여 듣는 일을 포기한다. 이제는 그 이상의 강력한 것을 발견할 생각은 없다. 충분히 발견했다. 나는 모든 것을 내려놓는다. 내적 저항을 잠재우기만 해도 나는 이미 만족스러울 것이다. 재차 나는 내 통로를 이탈해 한층 더 멀리 떨어져 있는 통로, 내가 돌아온 뒤 아직 보지도 못했고 내 발톱이 전혀 건드리지도 않은 통로 쪽으로 간다. 내가 가자, 그곳의 적막이 깨어나 내 위로 내려앉는다. 나는 몰두하지 않고 서둘러 그곳을 통과한다. 내가 무엇을 갈구하는지 알 길이 없다. 어쩌면 그저 시간이 유예되기를 원하는 것은 아닐지. 길을 잃어 미로까지 오게 되었다. 이끼 덮개에 귀를 기울이고 싶은 유혹을 느낀다. 그렇게 멀리 떨어져 있는 것들, 그 순간 그토록 멀리 있는 것들이 나의 관심을 끈다. 위쪽으로 밀고 올라가 귀 기울여 본다. 깊은 정적. 이곳은 얼마나 멋진가. 그곳에 있는 어느 누구도 내 굴에 신경 쓰지 않는다. 내가 그것에 도달하기 위해 어떻게 했든지 간에 각자 나와는 무관한 자신의 일이 있다. 어쩌면 이제는 이곳 이끼 덮개 부근이 내 굴 안에서 몇 시간이고 귀 기울여도 아무것도 듣지 못하고 헛수고를 하게 되는 유일한 장소일 것이다. 굴 속 상황의 완전한 역전. 이제까지 위험하던 장소는 평화의 장소가 되었고, 반면에 성곽광장은 세상의 소리와 위험을 알리는 소음들에 휩싸이게 되었다. 더 나쁜 것은, 실은 이곳에도 평화가 없다는 사실이다. 여기는 변한 것이 아무것도 없다. 조용하든 시끄럽든 간에 이전과 마찬가지로 이끼 위에는 위험이 도사리고 있다. 하지만 나는 그것에 둔감해졌다. 벽에서 나는 쉬쉬 소리에 온통 심신을 빼앗긴 탓이다. 그 때문에 내 시간과 정력을 빼앗기고 있는 것일까? 그 소리는 점점 더 커지고 더 가깝게 들린다. 하지만 나는 미로를 따라 구불구불 이동하여 여기 위쪽의 이끼 아래에 자리 잡고 있다. 마치 쉬쉬 소리를 내는 자에게 이미 집을 내주기라도 한 듯이 여기 위쪽에서 약간의 휴식만 취해도 만족스럽다. 쉬쉬 소리를 내는 자에게라고? 내가 혹시 소리의 원인에 대해 새로운 확정적 견해를 갖고 있나? 어쩌면 작은 동물이 파 놓은 길게 패인 홈에서 나는 소리가 아닐까? 그게 나의 확정적 견해가 아닐지? 여전히 나는 그 확정적 견해에서 완전히 벗어난 것 같지는 않다. 그 소리가 직접 홈에서 나는 것이 아니더라도 어떻든 우회적으로라도 거기서 나는 소리일 것이다. 소리가 홈이랑 전혀 상관이 없더라도 결코 그 무엇도 미리부터 가정할 수 없으니, 어쩌다 원인을 발견하게 되거나 원인이 스스로 드러날 때까지 기다리는 수밖에 없다. 물론 아직은 가정들로 사고의 유희를 해 볼 수 있을 것이다. 예를 들어 멀찌감치 떨어진 어딘가에 물이 새어 들어왔을 수 있고, 그렇다면 휘파람 소리 또는 쉬쉬 소리라고 여긴 것이 실은 쏴쏴거리는 물소리라고 얘기해 볼 수도 있다. 하지만 내가 이 부분에서 경험이 전혀 없는 것과는 별개로 — 내가 처음 발견했던 지하수는 내가 곧바로 다른 곳으로 물줄기를 돌려놓아서 더 이상 이 모래땅으로 흘러 들어오지 않았다 — 그것은 다름 아닌 쉬쉬 소리이고, 따라서 쏴쏴거리는 물소리로 해석될 수는 없다. 그런데 침착하라는 권고들이 다 무슨 소용이란 말인가. 상상력은 멈추지 않고, 실제로 나는 계속해서 — 그것 자체를 부인하는 것은 무의미하다 — 쉬쉬 소리가 동물에서 비롯되며, 심지어 수많은 작은 동물들이 아니라 커다란 단 한 마리의 동물에서 난다고 믿고 있다. 많은 정황이 이 견해와 배치되기도 한다. 소리는 사방에서 들리고 항상 똑같은 크기로, 더군다나 규칙적으로 밤낮으로 들린다. 당연히 처음에는 오히려 수많은 작은 동물들이라고 가정하는 쪽으로 기울 수밖에 없었는데, 그렇다면 땅을 파는 가운데 그 작은 동물들을 찾아낼 수 있어야 했는데 그러지 못하다 보니 커다란 동물의 존재를 가정하는 일만 남게 된 것이다. 특히나 그 동물을 단지 있을 수 없는 불가능한 존재가 아니라 온갖 상상을 초월할 정도로 위험한 존재로 만들어야 하는데 이 점이 그 가정과 모순된다고 여겨졌고, 그 때문에 나는 그 가정을 거부했다. 나는 이 자기기만을 그만둔다. 이미 오랫동안 나는 그 동물이 미친 듯이 작업하면서 산책자가 자유로이 걸어가듯이 재빨리 땅을 파기 때문에 멀리 떨어진 곳에서도 소리를 들을 수 있다며 사고의 유희를 펼친다. 그 동물이 땅을 파면 작업이 다 끝난 뒤에도 주변 땅이 흔들리고, 이러한 여진과 작업 소리가 멀리 떨어진 곳에서 저절로 하나로 합쳐지므로 그 소리의 마지막 약해진 소리만 듣게 되는 내가 사방에서 동일한 소리를 듣게 된다고 말이다. 이때 그 동물이 내 쪽을 향해 오지 않는다는 점도 같이 작용하며, 그 때문에 소리가 달라지지 않는 것이다. 오히려 내가 꿰뚫어 보지 못하는 어떤 계획이 있을 수 있는데, 추측하건대 나에 관해 알고 있다고 내가 주장하고 싶지 않은 그 동물이 나를 포위하고 있으며 어쩌면 내가 그 동물을 관찰한 후에 내 굴 주위를 이미 수차례 맴돌았을지도 모른다. 그리고 이제 소리가 더 강해지는 것을 보니 더 좁은 원을 그리며 맴도는 모양이다. 소리의 종류가 무엇인지, 쉬쉬 소리인지 아니면 휘파람 소리인지에 대해 많은 생각을 하게 된다. 내가 내 방식대로 땅을 긁어 대고 파헤칠 때는 전혀 다르게 들린다. 쉬쉬 소리에 대해 나는 그저 그 동물의 주요 연장이 아마도 단지 거들기만 할 뿐인 발톱이 아니라, 엄청난 힘은 물론이고 모종의 날카로움까지 충분히 갖춘 주둥이나 긴 코여서 그런 거라고 설명할 수밖에 없다. 어쩌면 그 동물은 단 한 차례의 강력한 타격을 가해 긴 코를 땅속에 박아 넣어 커다란 덩어리를 떼어 내고 있을 텐데, 이 시간 동안 나는 아무 소리도 듣지 못한다. 이 시간이 휴지기인 것이다. 하지만 다음 순간 그 동물은 새로운 타격을 가하기 위해 공기를 흡입한다. 이것이 분명 땅을 뒤흔드는 소음일 텐데, 이러한 공기의 흡입은 그 동물의 힘 때문이 아니라 그 동물이 일 욕심으로 서두른 탓이며, 그 소음을 내가 나지막한 쉬쉬 소리로 듣게 되는 것이다. 물론 쉴 새 없이 일하는 그 동물의 능력은 나로서는 완전히 이해 불가다. 짧은 휴식 시간도 아주 적으나마 쉴 기회를 제공하겠지만, 진정한 긴 휴식은 아직껏 없었던 것 같다. 그 동물은 최대한 서둘러 실행에 옮겨야 할 계획을 목전에 두고서 밤낮으로 늘 같은 힘으로 원기 왕성하게 땅을 판다. 그 동물은 그 계획을 실현할 수 있는 능력을 모두 갖추고 있다. 정말이지 그런 적수는 예상하지 못했다. 하지만 그 동물의 독특함을 제외하고 보면 원래 내가 늘 두려워했어야 할 무엇인가가 지금 일어나고 있을 뿐이다. 내가 늘 대비하고 있어야 했던 무엇 말이다. 누군가가 다가오고 있다! 그런데 어떻게 그리 오랫동안 모든 것이 고요하고 행복하게 진행될 수 있었을까? 내 소유지를 적들의 길이 크게 우회해 돌아가도록 누군가가 유도했을까? 왜 나는 그토록 오랫동안 보호받아 오다가 지금 이리 놀라게 되었단 말인가? 이 단 하나의 위험에 비하면 내가 골몰하며 시간을 보낸 작은 위험들은 다 무엇이었단 말인가! 굴의 소유주로서 이곳에 올지도 모를 그 어떤 자보다 우세하기를 바랐나? 바로 이 거대하고 민감한 작품의 주인으로서 나는 내가 한층 심각한 모든 공격에 무방비 상태로 있다는 점을 충분히 잘 알고 있다. 소유물이 있다는 행복감에 버릇이 잘못 들었고, 민감한 굴이 나를 예민하게 만들었다. 굴이 손상되면 내가 다친 것처럼 마음이 아프다. 바로 이 점을 예상했어야 했다. 나 자신을 보호하는 것만 생각할 것이 아니라 — 스스로 얼마나 경솔하고 또 성과 없이 그것을 했던가 — 굴을 보호하는 것도 생각해야 했다. 누군가의 공격을 받을 때 무엇보다 굴의 개별 부분들, 가급적 많은 개별 부분들을 최단 시간 내에 흙 속에 매몰시켜 위협을 덜 받는 부분들과 분리하는 사전 작업, 즉 그러한 흙더미로 그 뒤에 비로소 진짜 굴이 있다는 사실을 공격자가 알아채지 못할 정도로 효과적으로 분리하는 사전 조치가 있어야만 했다. 더 나아가 흙더미로 매몰시키는 이러한 작업은 굴을 숨길 뿐만 아니라 분명 공격자를 파묻는 데에도 적합할 것이다. 그런 방식의 가장 작은 시도조차도 나는 하지 않았다. 이런 쪽으로는 아무 일도, 전혀 아무 일도 벌이지 않았다. 나는 아이처럼 경솔했고, 어린아이같이 장난치면서 나의 성넌기를 보냈다. 심지어 위험에 관한 생각도 장난 삼아 했다. 진짜 위험에 대해 제대로 생각하기를 소홀히 했다. 그런데 경고가 없었던 것도 아니다. 물론 현 상황에 필적할 만한 일은 아니었지만, 좌우간 비슷한 일이 굴을 파기 시작하던 무렵에 일어났다. 중요한 차이점이라면 바로 굴을 파던 초기 단계였다는 것이다. 당시 나는 확실히 애송이 견습생이었고 여전히 첫 번째 통로 작업을 하고 있었다. 미로는 먼저 대강 윤곽을 잡아 놓은 상태였고, 이미 작은 광장 하나를 파두긴 했지만 규모나 벽 처리에서 완전히 실패했다. 간략히 말해 초반에는 모든 것을 오직 시도로, 언젠가 인내심이 한계에 달하면 크게 아쉬워하지 않고 갑작스레 내버려 둘 수도 있는 그런 것으로 여길 수 있었다. 그 당시 한번은 내가 작업 도중에 쉬면서 — 살아오면서 작업 도중에 항상 휴식 시간을 너무 많이 가졌다 — 흙더미 사이에 누워 있을 때 갑자기 멀리서 어떤 소리가 들려왔다. 젊었기 때문에 그것 때문에 두렵기보다는 호기심이 발동해서 작업을 중단하고 소리를 듣는 데 열중했다. 여하튼 귀 기울여 들었는데, 위쪽 이끼 아래에서 몸을 쭉 뻗어 듣는 일은 하지 않겠다고 마음먹어 그곳으로 달려가는 일은 하지 않았다. 최소한 귀 기울여 듣기는 했다. 소리가 살짝 더 약하기는 했지만 내 경우와 비슷한 땅파기가 문제가 되고 있다는 것을 아주 잘 식별해 낼 수 있었다. 하지만 얼마나 떨어진 곳에서 나는 소리인지는 알 수 없었다. 긴장되었지만, 그 외에는 냉담하고 차분했다. 어쩌면 내가 낯선 굴 안에 있고, 지금 그 굴 주인이 내게 다가오고 있는지도 모른다고 생각했다. 만약 이 가정이 옳다고 밝혀졌더라면, 나는 정복욕이나 공격욕을 가져 본 적이 한 번도 없어서 다른 곳으로 굴을 파기 위해 떠났을 것이다. 하지만 당연히 나는 아직 젊었고 굴도 소유하지 않았기 때문에 여전히 냉담하고 차분할 수 있었다. 이후 사태의 경과도 나를 제대로 흥분시키지는 못했다. 경과를 해석하는 것만도 쉬운 일은 아니었다. 저쪽에서 땅을 파는 자가 정말로 내가 땅 파는 소리를 듣고 내 쪽으로 오려고 애쓰고 있고 실제로 현재 일어났듯이 방향을 바꾸었다고 가정해 보았을 때, 그것이 내가 일을 중단하고 휴식하느라 그가 뚫는 길의 준거점이 될 만한 사항들이 모조리 없어졌기 때문인지 아니면 오히려 그 스스로 의도를 바꾼 때문인지 확인할 길이 없었다. 그러나 어쩌면 내가 착각했을지도 모르고, 그가 곧장 나를 향해 온 적이 단 한 번도 없었을 수 있다. 여하간 한동안은 그자가 더 가까이 다가오기라도 하듯이 소리가 한층 세졌다. 당시는 젊어서 땅 파는 자가 갑자기 땅 위로 튀어나오는 것을 보아도 내가 불만을 표시하지 않았을지 모른다. 하지만 그와 비슷한 일은 일어나지 않았다. 어느 특정 지점부터 땅 파는 소리가 약해지기 시작했다. 땅 파는 자가 점차 자신의 처음 방향에서 방향을 틀기라도 한 듯이 점점 소리가 약해지더니, 이제는 완전히 반대 방향으로 가기로 결정하고 곧장 내게서 멀리 떠나버린 듯이 갑자기 소리가 뚝 그쳤다. 다시 작업을 재개하기 전까지 나는 한참을 적막 속에서 여전히 그 소리에 귀 기울였다. 충분히 명확한 경고였는데도 나는 이내 잊어버렸고, 이 경고는 굴 파는 계획에 아무런 영향도 끼치지 못했다. 그 당시와 현재의 나 사이에는 청장년기가 놓여 있다. 그런데 마치 그 사이에 아무 시기도 거치지 않은 것 같지 않은가? 여전히 나는 늘 작업 도중에 긴 휴식을 취하면서 벽에 귀를 기울이고, 굴 파는 자는 최근에 그의 의도를 변경해 방향을 바꾸었다. 그자는 여행에서 돌아오며 내게 그동안 자신을 맞이할 준비 시간을 충분히 주었다고 생각한다. 하지만 내 입장에서 보면 모든 것이 예전보다 준비가 더 안 되어 있다. 커다란 굴은 무방비 상태로 저기에 있고, 나는 더 이상 애송이 견습생이 아니라 노년의 건축가다. 그리고 결정을 내려야 하는 순간에는 남은 힘조차 말을 듣지 않는다. 하지만 내 나이가 얼마이건 간에 지금보다 더 나이가 들었으면 정말 좋겠다. 이끼 아래 휴식 장소에서 더 이상 몸을 일으켜 세울 수도 없을 정도로 말이다. 실제로 나는 이곳에서 배겨 내지 못하고 몸을 일으킨 뒤 이곳이 평온 대신 걱정으로 가득 차 있기라도 하듯이 서둘러 다시 집으로 내려가고 있기 때문이다. 마지막 상황이 어땠더라? 쉬쉬 소리가 약해진 건가? 아니다. 더 세졌다. 임의로 열 군데 정도 선택해 귀를 기울이고는 착각했다는 사실을 분명히 깨닫는다. 쉬쉬 소리는 여전히 똑같았고, 변한 것은 아무것도 없었다. 저쪽은 아무런 변화도 없이 평온하고 내내 시간에 초연한 반면에 이쪽의 귀 기울여 듣는 자는 매 순간 동요하고 있다. 그리고 나는 다시 성곽광장으로 가는 먼 길을 되돌아간다. 사방의 모든 것이 내게 격앙해 있는 것 같고, 나를 보는 것 같다가는 이내 나를 방해하지 않기 위해 다시 시선을 돌리는 듯하더니 내 표정에서 자신들을 구조하겠다는 결심을 읽어 내기 위해 재차 긴장한다. 나는 고개를 설레설레 젓는다. 아직 결심한 바가 없다. 또 거기서 모종의 계획을 수행하기 위해 성곽광장으로 돌아가는 것도 아니다. 수색차 땅을 파려 했던 지점을 지나가며 그곳을 한 번 더 살펴본다. 위치가 좋았던 것 같다. 그곳에 땅을 팠다면 대다수의 작은 공기 통로들이 있는 방향으로 통하게 되어 작업이 한결 수월했을 것 같다. 어쩌면 그렇게 멀리까지 파거나 소리의 진원지 부근까지 접근해 가며 팔 필요

없이 공기 통로들에 귀를 대고 듣는 것만으로도 충분했을 것이다. 그러나 그 어떤 숙고도 이러한 땅 파기 작업을 하도록 나를 고무시키기에는 역부족이었다. 이 땅 파기가 내게 확신을 가져다줄까? 나는 결코 확신을 바라지 않는 단계까지 와 버렸다. 성곽광장에서 가죽을 벗긴 멋진 선홍색 고기 한 조각을 골라 그것을 가지고 흙더미 중 한 곳으로 기어 들어간다. 어쨌든 여기가 실제로 여전히 고요한 한 그곳도 마찬가지로 고요할 것이다. 고기를 핥아 가며 조금씩 떼어 먹는다. 번갈아 가며 한 번은 멀리서 자신의 길을 가는 낯선 동물에 대해 생각하다가, 다음번에는 재차 누릴 수 있을 때 최대한 많이 비축 식량을 즐겨야겠다는 생각을 한다. 이 마지막 생각이 아마도 내가 세운 이행 가능한 유일한 계획일 것이다. 그 밖에 나는 그 동물의 계획을 파악하기 위해 노력한다. 여전히 떠돌아다니는 중일까 아니면 자신의 굴을 파는 중일까? 떠돌아다니는 중이라면 어쩌면 그와 타협이 가능할지도 모른다. 그가 정말 내가 있는 곳까지 뚫고 들어오면 비축 식량들 중 몇 개를 줄 것이고, 그러면 그는 계속 이동해 갈 것이다. 흙더미 속에서 나는 당연히 무엇이든 꿈꿀 수 있다. 타협에 대해서도. 정말 그런 일은 있을 수 없다는 것, 또 우리가 서로를 보게 되는 순간, 아니 서로에게 가까이 다가간 것을 알아채는 순간, 평소 완전히 배불리 먹고 지내는데도 불구하고 새롭게 또 다른 허기를 느끼며 즉시 제정신이 아닌 상태로 누가 더 먼저 더 나중이랄 것도 없이 서로를 향해 발톱과 이빨을 드러낼 것이라는 것을 정확히 알고 있으면서도 말이다. 그리고 이것은 늘 그렇듯이 이곳에서도 지극히 당연한 일이다. 떠돌아다니다 굴과 마주쳤을 때 자신의 여정과 관련된 계획과 미래의 계획을 변경하지 않을 자가 누가 있을까 싶기 때문이다. 그런데 어쩌면 그 동물은 자기 굴을 파고 있는 것인지도 모른다. 그렇다면 나는 타협에 대해 절대로 꿈꿀 수가 없다. 그 동물이 특이해서 그의 굴이 이웃을 참아 낸다고 해도 내 굴이 그의 굴을 참아 내지 못한다. 적어도 소리가 감지되는 이웃은 견디지 못한다. 이제 그 동물은 확실히 아주 멀리 떨어져 있는 것 같다. 조금 더 멀어지면 어쩌면 소리조차 사라질지 모른다. 그렇게 되면 모든 것이 예전처럼 좋아질 수도 있을 것이다. 그러면 이 경험은 고약스럽지만 고마운 경험이 될 테고 최대한 다양한 방식으로 개선하도록 나를 고무시킬 것이다. 내가 차분하거나 또는 위험이 나를 급박하게 몰아대지만 않는다면, 당연히 내게는 아직도 남의 이목을 끄는 온갖 작업을 할 능력이 충분히 있다. 어쩌면 그 동물은 작업 역량 면에서 자신이 보유한 엄청난 가능성을 직시하고서 자신의 굴을 내 굴 쪽으로 확장하기를 포기하고 다른 쪽에서 그 손실을 보충할지도 모른다. 물론 이것은 또한 협상을 통해서가 아니라 그 동물 자신의 이성 또는 내 쪽에서 행사하게 될 강요를 통해서만 달성 가능하다. 이 두 가지 점에서는 그 동물이 나에 관해 아는지, 또 나에 관해 무엇을 아는지가 결정적인 사항이 될 것이다. 그것에 대해 더 깊이 생각하면 할수록 더더욱 그 동물이 내 소리를 들었을 리가 없어 보인다. 아니면 상상하기 어렵지만, 그 동물이 나에 관한 어떤 소식을 접했을 수는 있어도 내 소리를 듣지는 못했을 수 있다. 내가 그에 관해 아무것도 몰랐던 기간 동안 그는 내 소리를 전혀 듣지 못했을 것이다. 그 당시 나는 조용하게 행동했기 때문이다. 굴과 재회할 때도 이보다 더 조용할 수 없을 정도로 조용히 돌아왔다. 그렇다면 내가 시험 삼아 땅을 팠을 때 내 소리를 들었을지도 모른다. 나의 땅 파기 방식은 아주 작은 소음밖에 만들지 않는데도 말이다. 그러나 만약 그 동물이 내 소리를 들었다면 나도 무언가를 알아챌 수 있어야만 했다. 그 동물은 적어도 종종 작업을 멈추고 귀를 기울여야만 했을 것이다. 그런데 모든 것이 변함이 없고…….

# 변신

## 1

어느 날 아침 뒤숭숭한 꿈에서 깨어났을 때 그레고르 잠자는 흉측한 갑충으로 변해 침대에 누워 있는 자신을 발견했다. 그는 갑옷처럼 딱딱한 등을 대고 누워 있었다. 머리를 약간 치켜드니 마디로 나뉜 활 모양의 불룩한 갈색 배가 보였다. 배 위에는 침대 이불이 완전히 미끄러지기 일보 직전으로 간신히 걸쳐져 있었다. 그의 눈앞에 체구에 비해 가여울 정도로 가느다란 수많은 다리가 어찌할 바를 몰라 버둥대는 모습이 어른거렸다.

'내게 무슨 일이 일어난 거지?' 그가 생각했다. 꿈이 아니었다. 조금 작을 뿐이지 사람 사는 모양새를 제대로 갖춘 방은 사면이 낯익은 벽에 둘러싸여 있었고 평온했다. 견본용 천 조각들이 여기저기 펼쳐져 있는 탁자 위에는 —그레고르 잠자는 영업사원이었다 —그가 얼마 전 한 화보 잡지에서 오려내 예쁜 금색 액자틀에 끼운 그림이 걸려 있었다. 모피 모자에 모피 목도리를 두르고 허리를 꼿꼿이 세우고 앉아서 보는 사람을 향해 자신의 아래팔을 온통 가리는 모피 토시를 들어 올리고 있는 어느 여인의 그림이었다.

다음 순간 그레고르의 시선은 창문을 향했다. 빗방울이 함석으로 된 창틀을 두드리는 소리가 들렸다. 흐린 날씨가 그의 기분을 몹시 우울하게 만들었다. '잠을 조금 더 청해서 이 바보 같은 일들을 모두 잊어버리는 게 어떨까'라고 생각해 보았지만, 전혀 행동으로 옮길 수가 없었다. 평소 그레고르는 오른쪽으로 누워서 자는 습관이 있었는데, 지금 상태로는 그 자세를 할 수가 없었기 때문이다. 안간힘을 써서 몸을 오른쪽으로 돌려 보려고도 했지만, 번번이 흔들거리다가 등을 대고 누운 자세로 되돌아오게 되었다. 이 시도를 아마 백 번도 더 했을 것이다. 그레고르는 버둥거리는 다리를 보지 않으려고 눈을 감았고, 옆구리에 이제껏 한 번도 느껴 보지 못했던 뭉근한 가벼운 통증을 느끼고서야 이 동작을 멈추었다.

'아 맙소사.' 그가 생각했다. '무슨 이런 고달픈 직업을 택했담! 날이면 날마다 출장을 가야 하고. 사내 근무보다 업무로 인한 스트레스가 훨씬 더 크다. 이외에도 내게는 이렇듯 출장을 다니는 고역도 부과되어 있어. 기차 연결편에 대한 걱정, 질 나쁜 불규칙한 식사, 상대하는 사람이 매번 변해 결코 유지될 수 없고 진심이 될 수 없는 인간관계. 악마가 이 모든 것을 가져갔으면!' 배 위쪽이 살짝 가려웠다. 그레고르는 머리를 더 잘 들어 올리기 위해 등으로 천천히 침대 기둥 쪽으로 밀어 올라가서 판단하기 어려운 작은 흰 반점들로 뒤덮인 가려운 부위를 찾아냈다. 다리로 그 부위를 건드리려다가 그곳에 닿은 순간 소름이 끼쳐서 금세 다리를 원위치로 되돌렸다.

그는 다시 미끄러져 이전 상태로 돌아왔다. 그레고르가 생각했다. '이렇게 일찍 일어나니 머리가 온통 멍청해지지. 인간은 잠을 자야 해. 다른 영업사원들은 하렘의 여인들처럼 산단 말이야. 예를 들어 내가 성사시킨 주문서들을 보내기 위해 오전 시간에 숙소로 돌아와 보면 그자들은 그제야 아침 식사를 하고 있다고. 내가 사장 앞에서 그런 행동을 한다면 그 즉시 쫓겨나겠지. 부모님을 생각해서 참지 않았다면 나는 이미 오래전에 사직서를 내고 사장 앞에 가서 마음속 생각을 다 쏟아냈을 거야. 그랬다면 그는 틀림없이 책상에서 굴러떨어졌겠지! 특이하게도 그는 책상에 걸터앉아 높은 곳에서 내려다보며 직원들과 얘기를 나누거든. 심지어 직원들은 귀가 어두운 사장에게 바싹 다가가야 하고 말이지. 뭐, 아직 희망은 있어. 언젠가 내가 부모님이 사장에게 진 빚을 완전히 갚을 정도의 돈을 모으게 되면 — 아직 5년에서 6년 정도 더 걸리겠지만 — 반드시 그렇게 하고 말 거야. 그러면 인생의 큰 전환점이 될 테지. 기차가 5시에 떠나니 지금은 일단 일어나자.'

그레고르는 서랍장 위에서 째깍거리는 자명종 시계를 건너다보았다. '맙소사!' 그가 속으로 생각했다. 벌써 6시 30분이었다. 시곗바늘이 천천히 움직이며 30분을 지나 이미 45분을 향해 가고 있었다. 자명종이 울리지 않았던 걸까? 침대에서도 알람이 4시에 제대로 맞춰져 있는 것이 보였다. 자명종이 울린 것은 확실하다. 맞다. 그런데 가구를 뒤흔들 정도로 이렇게나 시끄러운 자명종 소리를 듣고도 어떻게 편히 잘 수 있었을까? 여하간 편히 자지는 못했어도 평소보다 깊이 잠들었던 모양이다. 이제 무엇을 해야 할까? 다음 기차는 7시에 있다. 그 기차를 잡아타려면 미친 듯이 서둘러야 한다. 하지만 아직 견본용 옷감도 싸 두지 못했고, 그 자신도 딱히 기분이 상쾌하거나 몸이 가뿐한 것도 아니었다. 또 그 기차를 잡아서 탄다고 하더라도 사장의 호통을 피할 수는 없을 것이다. 사환이 5시에 기차 옆에서 기다렸을 테고, 그래서 이미 한참 전에 그가 기차를 놓쳤다고 사장에게 보고했을 것이기 때문이다. 그자는 줏대도 분별력도 없는 사장의 꼭두각시다. 아프다고 해 보면 어떨까? 하지만 그것은 극도로 곤혹스럽고 의심받기 쉬운 변명이 될 것이다. 그레고르는 5년간 근무하면서 아직 단 한 번도 아픈 적이 없었다. 사장은 분명히 의료보험 자문 의사와 함께 와서 게으른 아들을 거론해 가며 부모님을 비난할 것이고, 의료보험 자문 의사의 말에 근거하여 이의 제기를 모조리 차단해 버릴 것이다. 그 의사에게는 아주 건강하지만 일하기 싫어하는 사람들만이 존재한다. 그건 그렇고 이 경우에 의사의 주장이 온전히 부당하다고 할 수 있을까? 실제로 그레고르는 긴 잠을 자고 난 후 쓸데없이 졸음이 몰려드는 것을 제외하면 상태가 아주 양호했고, 심지어 배가 유난스레 고프기까지 했다.

　그레고르가 침대를 떠나야 할지 말아야 할지 결정하지 못한 채 이 모든 것에 대해 곰곰이 생각하고 있을 때 ─ 막 자명종의 시곗바늘이 6시 45분을 가리켰다 ─ 누군가가 침대 머리맡의 문을 조심스럽게 두드렸다. "그레고르" 하고 부르는 소리가 들렸다. 어머니였다. "6시 45분이란다. 출근 안 하니?" 부드러운 목소리! 그는 자신의 대답 소리를 듣는 순간 깜짝 놀랐다. 분명히 자신의 예전 목소리였지만, 거기에는 저 아래에서 울려 나오는 듯한 억제할 수 없는 고통스러운 찍찍 소리가 섞여 있었다. 그 소리는 처음 한순간만 말의 형태를 갖추고 있어서 또렷이 들렸을 뿐, 뒤따르는 소리는 뭉개져서 제대로 들렸는지 분간할 수조차 없을 정도였다. 그레고르는 상세히 대답하며 전부 다 설명하고 싶었지만, 이 상황에서는 "네, 네, 어머니, 감사해요. 일어났어요"라고 말하는 것으로 그쳐야만 했다. 나무 문 덕분에 바깥에서는 그레고르의 목소리가 변한 것을 눈치채지 못한 듯했다. 어머니가 이 설명에 안심하고 발을 질질 끌며 그곳을 떠났기 때문이다. 하지만 이 짧은 대화를 통해 다른 식구들은 예상과 달리 그가 아직 집에 있다는 사실을 알게 되었고, 벌써 아버지는 약하게, 그러나 주먹으로 한쪽 옆문을 두들겨 댔다. "그레고르, 그레고르!" 아버지가 소리쳤다. "어찌된 일이냐?" 그리고 잠시 후 아버지는 한층 목소리를 낮춰 재차 독촉했다. "그레고르! 그레고르!" 한편 여동생은 다른 쪽 옆문에서 애타는 목소리로 나지막하게 말했다. "그레고르 오빠, 어디 아파? 뭐 필요한 거 없어?" 그레고르가 양쪽을 향해 대답했다. "준비 다 됐어요." 그는 세심하게 발음하고 단어와 단어 사이를 길게 띄어서 말하며 목소리가 이상하게 들리지 않도록 하려고 애썼다. 아버지는 다시 아침 식사를 하러 갔지만, 여동생은 문에 대고 속삭였다. "그레고르 오빠, 문 좀 열어 봐. 부탁이야." 하지만 그레고르는 문을 열 생각이 전혀 없었고, 출장에서 얻은 습관대로 집에서도 밤에 문을 모두 잠그고 자는 자신의 조심성을 칭찬했다.

그레고르는 우선 방해받지 않고 조용히 일어나 옷을 입고, 무엇보다 아침 식사를 한 뒤에 비로소 그다음 일을 생각하고 싶었다. 침대에 누워 아무리 생각해 봤자 합리적인 결론에 도달하지 못할 것이라는 점을 충분히 깨닫고 있었다. 예전에 그는 종종 침대에 잘 못 누워서 자는 바람에 생긴 것 같은 가벼운 통증을 느꼈다가도 일어나는 순간 통증이 완전히 상상이었음이 밝혀지곤 했던 기억을 떠올렸다. 그는 오늘은 자신의 상상이 어떻게 점차 사라져 갈지 궁금했다. 목소리의 변화가 영업사원의 직업병인 심한 감기의 전조일 뿐이라고 여기며, 그는 그것을 의심조차 하지 않았다.

이불을 떨쳐 내는 것은 아주 간단했다. 몸을 약간 부풀리기만 해도 이불이 저절로 떨어졌다. 하지만 그다음이 어려웠다. 그의 몸이 엄청나게 넓적했기 때문에 특히 그랬다. 몸을 일으켜 세우려면 손과 팔이 필요했을 것이다. 하지만 그에게는 그것 대신에 끊임없이 사방으로 움직이고 제어조차 안 되는 수많은 작은 다리들만 있었다. 그가 다리 하나를 한 차례 구부리려고 하면, 그 다리는 먼저 쭉 펴져 버렸다. 마침내 그 다리로 그가 원하던 동작에 성공했어도, 그사이에 다른 다리들이 모조리 해방이나 된 듯이 극도의 흥분 상태에서 고통스럽게 버둥거렸다. "쓸데없이 침대에 누워 있으면 안 돼." 그레고르가 혼잣말을 했다.

그는 먼저 몸통 아랫부분부터 침대에서 빠져나오려고 했다. 하지만 아직껏 보지 못해 어떤 모습일지 제대로 상상조차 할 수 없는 아래 몸통을 움직이기는 몹시 힘들었다. 그렇게 일은 더디게 진행되었다. 마침내 그는 거의 사나워져서 이것저것 따지지 않고 온 힘을 다해서 앞으로 세게 밀었는데, 방향을 잘못 잡은 탓에 그만 아래쪽 침대 기둥에 심하게 부딪혔다. 화끈거리는 통증이 느껴졌고, 그것으로 지금 몸통 아랫부분이 가장 예민한 부분일지 모른다는 사실을 깨달았다.

그래서 먼저 몸통 윗부분을 침대에서 빼낸 뒤 조심스레 머리를 침대 가장자리로 옮겼다. 이 동작은 쉽게 성공했다. 넓적하고 무거운 몸통인데도 결국 머리가 돌아가는 방향을 따라 천천히 움직였다. 하지만 마침내 머리가 침대 밖 허공에 떠 있게 되자 그는 계속 이런 방식으로 전진하기가 두려웠다. 결국 그는 침대에서 떨어지게 될 것이고, 기적이 일어나지 않는 한 머리를 다치게 될 것이기 때문이었다. 이제 어떤 경우에도 분별력을 잃어서는 안 되었다. 그는 차라리 침대에 머무르기로 했다.

그러나 재차 똑같이 애쓴 끝에 한숨을 내쉬며 이전과 같은 자세로 침대에 누운 뒤 다시 다리들이 한층 고약스럽게 서로 옥신각신하며 제멋대로 버둥거리는 모습을 보게 되자 이런 제멋대로인 상황에 안정과 질서가 올 가능성이 없다고 여겨졌다. 그는 더 이상 침대에 머무를 수 없으며 침대에서 벗어날 희망이 조금이라도 있다면 어떤 희생도 감수하는 편이 가장 현명한 일이겠다고 혼잣말을 했다. 하지만 동시에 그 와중에도 절망적인 상태에서 하는 결심보다는 차분하게, 최대한 차분하게 숙고하는 것이 낫다는 사실을 잊지 않았다. 그 순간 최대한 예리한 눈빛으로 창문 쪽을 바라보았지만, 안타깝게도 좁은 거리의 건너편까지 아침 안개로 뒤덮여 있어서 바깥 풍경에서는 어떤 낙관적 분위기나 활기도 얻을 수가 없었다. "벌써 7시네." 자명종이 새로 시간을 알리자 그가 중얼거렸다. "벌써 7시인데 아직도 저렇게 안개가 끼어 있다니." 그러고는 완전히 고요해지면 자명한 현실 상황으로 돌아갈 것이라고 기대하는 듯이 약하게 숨을 쉬며 잠시 조용히 누워 있었다.

하지만 다음 순간 그는 자신에게 말했다. "7시 15분이 되기 전에는 무슨 일이 있어도 침대를 완전히 떠나야 해. 게다가 그때까지 분명히 회사에서 누군가가 나에 관해 묻기 위해 올 거야. 회사는

7시 전에 문을 여니까." 그리고 그는 침대에서 벗어나기 위해 몸통 전체를 위아래로 균일하게 흔들어 댔다. 이런 식이면 침대에서 떨어지게 되더라도 낙하 순간에 재빨리 머리를 들면 머리를 다치지는 않을 것이다. 등은 딱딱한 듯하니 양탄자 위로 떨어지면 아무 일 없을 것이다. 가장 염두에 두어야 할 점은 떨어질 때 생길 큰 소리였다. 그 큰 소리가 문밖의 식구들을 놀라게 하지는 않아도 걱정하게 만들 것이다. 하지만 감행해야만 했다.

그레고르의 몸통이 이미 침대 밖으로 반쯤 삐죽이 튀어나왔을 때 — 이 새로운 방법은 그저 계속 간간이 몸통을 흔들어 주기만 하면 되는 것이어서 힘든 일이라기보다는 일종의 놀이 같았다 — 문득 도와주는 사람이 있다면 이 모든 것이 얼마나 쉬울까 하는 생각이 들었다. 힘센 사람 둘이면 —그는 아버지와 하녀를 떠올렸다 — 완전히 충분했을 것이다. 그들은 그저 그의 둥근 등 아래로 팔을 밀어 넣어 침대에서 들어 낸 뒤 몸을 숙이고서 그가 바닥에 착지하고 그의 다리들이 감을 잡을 때까지 조심스레 그의 무게를 견뎌 주기만 하면 될 것이다. 문이 잠겨 있는 것과는 별개로 이제는 정말 도와달라고 소리쳐야 하는 것이 아닐까? 이 모든 곤경에도 불구하고 그런 생각이 들자 그는 미소 짓지 않을 수 없었다.

그레고르는 벌써 몸을 조금만 심하게 흔들어도 균형을 잃을 지경이 되었다. 서둘러 최종 결단을 내려야만 했다. 5분 뒤면 7시 15분이기 때문이었는데, 그때 현관에서 초인종이 울렸다. "회사에서 누가 왔구나." 그가 중얼거렸고, 온몸이 거의 뻣뻣하게 경직되었다. 반면에 그의 다리들은 춤이라도 추듯이 더 빠르게 버둥거렸다. 잠시 조용했다. "문을 열지 않네." 그레고르가 터무니없는 희망에 사로잡혀 혼잣말을 했다. 하지만 당연히 하녀가 평소와 마찬가지로 현관으로 힘차게 걸어가 문을 열었다. 그레고르는 방문자의 첫 인사말만 듣고도 그가 누군지 금세 알 수 있었다. 지배인이 직접 온 것이다. 어째서 유독 그레고르만 최소한의 태만에도 곧바로 엄청난 의심을 받게 되는 그런 회사에서 일하는 신세란 말인가? 도대체 직원들은 모조리 놈팡이란 말인가? 고작 아침 몇 시간을 회사를 위해 온전히 다 쓰지 못한 일로 양심의 가책을 받아 멍청해져서 진짜로 침대를 떠날 수 없는 상황이 되어 버린 충직하고 헌신적인 자는 그들 중에 없단 말인가? 설령 이런 성가신 질문이 필요했더라도 견습사원을 보내 물어보는 것만으로 충분하지 않았을까? 이렇게 지배인이 직접 와서 이 미심쩍은 사건의 조사가 오직 지배인 자신의 판단에 맡겨질 수 있다는 사실을 죄 없는 식구들에게 꼭 보여 줘야만 했나? 제대로 결심해서가 아니라 이런 생각으로 흥분한 탓에 그레고르는 온 힘을 다해 침대에서 훌쩍 뛰어내렸다. 큰 소리를 내며 부딪혔지만, 사실 엄청나게 요란한 소리는 아니었다. 양탄자 덕분에 떨어질 때의 충격이 살짝 완화되었고, 등 또한 생각했던 것보다 유연해서 그다지 주의를 끌 정도는 아닌 둔탁한 소리가 났다. 다만 조심스레 충분히 치켜들지 못해서 그만 머리를 부딪히고 말았다. 화도 나고 아프기도 해서 그는 머리를 돌려 양탄자에 문질러 댔다.

"저 안에서 뭐가 떨어졌습니다." 지배인이 왼쪽 옆방에서 말했다. 그레고르는 오늘 자신에게 일어난 것과 비슷한 일이 언젠가 지배인에게도 일어날 수 있지 않을까 상상해 보았다. 실제로 그럴 가능성도 있다는 점을 인정하지 않을 수 없었다. 그런데 이제 이러한 물음에 거칠게 응답하기라도 하듯이 옆방에서 지배인이 에나멜 부츠 소리를 울려 대며 단호하게 몇 발자국을 떼었다. 오른쪽 옆방에서는 여동생이 그레고르에게 상황을 알려 주기 위해 속삭였다. "그레고르 오빠, 지배인님이 오셨어." "알아." 그레고르가 중얼거렸다. 하지만 여동생이 들을 수 있을 정도로 목소리를 높일 엄두는 내지 못했다.

"그레고르." 이번에는 아버지가 왼쪽 옆방에서 말했다. "지배인님이 오셔서 네가 왜 새벽 기차로 떠나지 않았는지 물어보신다. 그에게 뭐라고 답해야 할지 우리는 모르겠구나. 그 밖에도 지배인님은 또 너와 직접 얘기를 나누고 싶어 하신다. 그러니 제발 문 좀 열어 봐라. 방이 어지럽혀져 있어도 지배인님은 관대하게 이해해 주실 거다." "안녕하시오, 잠자 씨." 지배인이 끼어들며 친절하게 외쳤다. "저 애는 몸이 좋지 않답니다." 아버지가 문에 대고 계속 얘기하는 동안 어머니가 지배인에게 말했다. "쟤 몸 상태가 좋지 않아요. 제 말을 믿어 주세요, 지배인님. 그렇지 않고서야 그레고르가 어떻게 기차를 놓칠 수가 있겠어요! 저 아이 머릿속에는 온통 회사 생각밖에 없답니다. 저녁에 외출할 생각조차 하지 않아서 정말이지 제가 거의 화가 날 지경이에요. 시내에 머무른 지 이제 8일째인데 그간 매일 저녁 집에만 있었답니다. 그 시간에 저 아이는 저희랑 식탁에 앉아서 조용히 신문을 읽거나 기차 시간표를 열심히 들여다보지요. 고작 실톱으로 세공 작업을 하는 것이 저 아이의 유일한 낙이랍니다. 한번은 이틀인가 사흘 저녁 걸려서 작은 액자 하나를 완성했어요. 얼마나 예쁜지 보시면 깜짝 놀라실 거예요. 저 애 방에 걸려 있답니다. 그레고르가 문을 열면 바로 보일 거예요. 그건 그렇고 이렇게 와 주셔서 정말 다행이에요, 지배인님. 저희만으로는 그레고르가 문을 열도록 만들 수 없었을 거예요. 고집이 아주 세거든요. 아침에는 괜찮다고 했지만 저 아이는 몸이 좋지 않은 것이 틀림없어요." "곧 나가요."
그레고르는 천천히 신중하게 대답하고서 대화 내용을 한 마디도 놓
치지 않기 위해 꼼짝도 하지 않았다. "부인, 저로서도 다르게는 설명
이 안 되는군요." 지배인이 말했다. "심각한 일이 아니기를 바랍니다.
하지만 또 다른 한편으로 말씀드리지 않을 수 없는 것은, 우리 사업
하는 사람들은 ― 생각하기에 따라 유감스러운 일일 수도 행복한 일
일 수도 있겠지만 ― 몸이 약간 불편한 정도는 곧잘 일을 생각해서
그냥 견뎌 내야 한다는 것입니다." "그럼 이제 지배인님이 네 방으로
들어가셔도 되겠냐?" 초조해진 아버지가 이렇게 물어보고는 다시
문을 두드렸다. "안 돼요." 그레고르가 말했다. 왼쪽 옆방에서는 난
감해하는 침묵이 흘렀고, 오른쪽 옆방에서는 여동생이 훌쩍거리며
울기 시작했다.

도대체 여동생은 왜 다른 사람들에게 가지 않는 걸까? 이제 막
침대에서 일어나서 아직 옷을 입지 못했나 보다. 그런데 대체 왜 우
는 거지? 그가 일어나지도 않고 지배인을 들어오지도 못하게 하기
때문에? 그가 직장을 잃을 위험이 있어서? 그렇게 되면 사장이 다시
예전 빚을 갚으라고 부모님을 괴롭힐까 봐? 이것은 전부 당장은 불
필요한 걱정이었다. 아직 그레고르는 여기 있고 가족을 버릴 생각
은 조금도 없었다. 지금 그는 양탄자 위에 누워 있다. 그의 이런 사정
을 아는 자라면 진심으로 그에게 지배인을 방으로 들여보내라고 요
구할 수는 없을 것이다. 이런 사소한 결례는 나중에 적당한 변명거
리를 찾으면 될 테고, 그 때문에 그레고르가 당장 회사에서 쫓겨날
리도 없다. 그래서 그레고르에게는 울고 설득하며 그를 성가시게 하
기보다 차라리 가만 내버려 두는 것이 더 합당하다고 여겨졌다. 하

지만 사정을 전혀 몰라서 다른 사람들이 불안해했던 것이니 그들의 행동은 용서받아 마땅했다.

"잠자 씨." 이제 지배인이 언성을 높여 불렀다. "무슨 일입니까. 방에 진을 치고 꼼짝도 안 한 채 예, 아니요라는 대답만 하고 있으니 말입니다. 부모님께 불필요하게 무거운 걱정거리만 안겨 드리고 — 말이 나왔으니 말이지만 — 한 번도 들어 보지 못한 방식으로 직장에서의 의무마저 소홀히 하고 있습니다. 여기서 당신 부모님과 사장님을 대신해서 말하는데, 즉시 명확한 해명을 내놓을 것을 엄중히 요청하는 바입니다. 놀랍습니다, 놀라워요. 나는 당신을 조용하고 이성적인 사람으로 알고 있었는데, 이제 갑자기 괴상한 변덕을 부리기 시작하니 말입니다. 오늘 아침 사장님이 내게 당신이 회사에 오지 않은 이유를 그럴듯하게 암시했지만 — 얼마 전부터 당신에게 맡긴 수금에 관한 얘기였어요 — 나는 정말이지 내 명예를 걸고 그 이유가 틀렸을 거라고 주장했지요. 하지만 이제 여기서 당신의 이해할 수 없는 고집을 보게 되니 사소한 일에서조차 당신 편을 들고 싶은 마음이 싹 사라지는군요. 그리고 직장에서의 당신 자리도 결코 보장된 것이 아닙니다. 사실 이 모든 것을 당신과 단둘이 있는 자리에서 말하려고 했는데, 이제 내 시간을 쓸데없이 여기서 허비하게 만드니 이젠 나도 모르겠습니다. 당신 부모님도 이 사실을 아셔야 할밖에. 최근 당신의 영업 실적은 아주 불만족스러웠습니다. 물론 지금이 딱히 영업이 잘되는 계절이 아니라는 건 우리도 잘 알지만, 그렇더라도 영업이 전혀 안 되는 계절은 결코 없으며 또 절대 있어서도 안 되지요, 잠자 씨."

"하지만 지배인님." 그레고르가 제정신이 아닌 상태에서 외쳤고, 흥분한 나머지 다른 일들은 모두 잊어버렸다. "즉시 당장 문을 열겠습니다. 몸이 살짝 안 좋고 현기증이 나서 일어나기가 힘들어져 아직껏 침대에 누워 있었답니다. 하지만 지금은 이미 다시 몸이 아주 가뿐해졌어요. 지금 침대에서 내려가고 있어요. 아주 잠시만 기다려 주세요! 아직은 제가 생각한 대로 잘 되지는 않네요. 하지만 전 이미 괜찮아요. 어떻게 단 한 사람에게 이런 일이 닥칠 수 있을까요! 어제저녁만 해도 저는 상태가 좋았답니다. 부모님도 그 사실을 알고 계세요. 아니, 이미 어제저녁에 약간의 조짐이 있었다고 해야 더 맞겠군요. 다들 제게서 그걸 알아챘어야 했는데. 왜 저는 회사에 알리지 않았던 걸까요! 하지만 사람들은 늘 집에서 쉬지 않아도 병을 이겨낼 수 있다고 생각하지요. 지배인님! 제 부모님께 부드럽게 대해 주세요! 지금 제게 하시는 비난은 모두 근거가 없습니다. 그 누구도 제게 단 한 마디도 그런 말을 한 적이 없거든요. 아마도 지배인님은 제가 보낸 마지막 주문서들을 못 보신 것 같군요. 그건 그렇고, 저는 8시 기차로 떠나게 될 겁니다. 두세 시간 쉬었더니 힘이 나네요. 여기 더 계실 필요는 없으세요, 지배인님. 곧 제가 직접 회사로 나갈 겁니다. 사장님께 이렇게 전해 주시고 저에 대해서도 잘 말씀드려 주시기 바랍니다!"

　　자신이 무슨 말을 하는지도 모른 채 정신없이 이 말들을 모두 내뱉는 동안 그레고르는 이미 침대에서 연습해 본 덕에 서랍장 쪽으로 쉽게 다가갔고, 이제 거기에 기대서 몸을 곧추세우려고 시도했다. 그는 정말로 문을 열어서 자신의 모습을 보여 주며 지배인과 얘기를 나누기를 원했다. 지금 애타게 그를 만나고 싶어 하는 자들이 그의 모습을 보면 뭐라고 할지 몹시 알고 싶어졌다. 그들이 깜짝 놀라게 되더라도 그것은 더 이상 그레고르의 책임이 아니니 자신은 침착할 수 있을 것이다. 그들이 모든 사실을 차분히 받아들이면 그도 흥분할 이유가 전혀 없을 테고, 실제로 서두르면 8시에 역에 도착할 수 있을 것이다. 처음에 그는 매끄러운 서랍장에서 여러 차례 미끄러졌지만, 마지막으로 도약을 해서 마침내 똑바로 그곳에 섰다. 몸통 아랫부분이 몹시 화끈거리고 아팠지만 아랑곳하지 않았다. 그리고 이제는 가까운 곳에 있는 의자로 툭 떨어진 후 다리들로 등받이 가장자리를 꽉 붙들었다. 그렇게 해서 자신의 몸을 가눈 뒤 이제 그는 침묵했다. 지배인의 목소리가 들려왔기 때문이다.

"한 마디라도 알아들으셨나요?" 지배인이 부모님에게 물었다. "아드님이 설마 저희를 놀리는 건 아니겠죠?" "원 세상에나." 어머니가 벌써 울먹이며 외쳤다. "저 아이가 심하게 아픈 것이 틀림없어요. 저희가 저 아이를 괴롭히고 있는 거라고요. 그레테! 그레테!" 어머니가 소리치자 여동생이 반대쪽에서 외쳤다. "엄마?" 그들은 그레고르의 방을 사이에 두고 서로 대화를 나눴다. "당장 의사 선생님께 가거라. 그레고르가 아프단다. 서둘러 의사 선생님을 모셔 오너라. 방금 그레고르가 말하는 소리 들었지?" "그건 동물 소리였습니다." 어머니가 소리치는 데 반해 지배인은 유난히 나지막한 목소리로 말했다. "안나! 안나!" 아버지가 현관 복도를 지나 부엌으로 들어서며 손뼉을 쳤다. "당장 열쇠공을 불러와라!" 그러자 두 처녀는 벌써 치마를 바스락거리며 달려가 현관 복도를 지나서 — 도대체 여동생은 어쩜 그리 빨리 옷을 입었을까? — 현관문을 확 열어젖혔다. 현관문이 닫히는 소리는 들리지 않았다. 아마도 큰 불행이 닥친 집에서 흔히 그렇듯이 문을 열어 두고 갔나 보다.

반면에 그레고르는 훨씬 차분해졌다. 귀에 익숙해진 탓인지, 사람들이 더 이상 이해하지 못하는 자신의 말이 그에게는 충분히 또렷이, 아니 이전보다 더 또렷이 들리는 것 같았다. 하지만 어떻든지 간에 이제 그들은 이미 그의 건강 상태가 좋지 않다고 믿었고, 그를 도울 준비가 되어 있었다. 첫 지시를 내릴 때 전달된 신뢰와 확신이 그를 기분 좋게 만들었다. 다시 인간 세계로 받아들여진 것처럼 느꼈고, 의사와 열쇠공 둘 중 누군가가 놀라운 큰 성과를 보여 줄 것이라는 희망도 품게 되었다. 다가오는 결정적인 면담 순간에 가능한 한 또렷하게 목소리를 내기 위해서 그는 살짝 헛기침을 했다. 물론 기침 소리를 최대한 줄이려고 애썼다. 기침 소리조차 이미 인간의 기침 소리와는 다르게 들릴 가능성이 컸고, 또 더 이상 스스로 그것을 판단할 자신이 없었기 때문이다. 그 사이 옆방은 아주 조용해졌다. 아마도 부모님이 지배인과 식탁에 앉아 속삭이듯이 얘기를 나누고 있거나, 그렇지 않다면 다들 문에 기대서 엿듣고 있을 수도 있었다.

그레고르는 천천히 안락의자를 밀어 문 쪽으로 가서 의자를 거기에 둔 뒤 문을 향해 몸을 날렸다. 그러고는 문에 달라붙어 몸을 곧추세운 다음 — 끈적한 점액질이 그의 가느다란 다리 끝부분의 발바닥들에 살짝 묻어 있었다 — 힘이 들어 잠시 거기서 휴식을 취했다. 그 후 그는 자물쇠에 꽂힌 열쇠를 입으로 돌리는 일에 착수했다. 유감스럽게도 그에게는 이빨이 없는 것 같았는데 — 도대체 열쇠를 무엇으로 붙들어야 한단 말인가? — 물론 그 대신에 튼튼한 턱이 있었다. 실제로 그는 턱을 사용해 열쇠를 돌리기 시작했고, 입에서 갈색 액체가 나와 열쇠를 타고 흘러내려 바닥에 떨어진 것으로 보아 어딘가 상처를 입은 게 분명했는데, 그는 그것에는 신경조차 쓰지 않았다. "좀 들어 보세요." 옆방에서 지배인이 말했다. "그가 열쇠를 돌리고 있어요." 이 말은 그레고르에게 큰 격려가 되었다. 하지만 아버지와 어머니까지 모두 그에게 외쳐 댔어야 했다. "힘내, 그레고르!"라고. "계속 그렇게, 자물쇠를 꼭 붙들어!"라고 그들은 소리쳤어야 했다. 모두가 잔뜩 긴장하며 그가 애쓰는 모습을 지켜보고 있을 거라는 상상을 하면서 있는 힘을 다해 정신 나간 듯이 열쇠를 꽉 물었다. 열쇠가 돌아가는 방향을 따라 그의 몸도 춤추듯이 자물쇠 주위를 돌았다. 이제는 입으로 문 채 곧추서서 필요에 따라 열쇠에 매달리기도 하고 다음 순간 다시 온몸의 힘을 실어서 열쇠를 내리누르기도 했다. 마침내 찰칵하고 자물쇠가 열리는 한층 명쾌한 소리에 정신이 번쩍 들었다. 안도의 숨을 내쉬고 "그래서 열쇠공은 필요 없었다니까"라고 중얼거리며 그레고르는 문을 완전히 열기 위해 손잡이에 머리를 얹었다.

이런 식으로 문을 열어야 했기 때문에 사실 이미 문이 꽤 활짝 열려 있었는데도 그레고르 자신의 모습은 보이지 않았다. 먼저 문짝을 천천히 돌아 나가야 했고, 거실로 나가기도 전에 볼품없이 뒤로 나자빠지지 않으려면 특히 상당히 조심스레 돌아야 했다. 여전히 이 힘든 동작에 열중하느라 다른 것에 신경 쓸 여력이 없던 차에 그레고르는 지배인이 "앗!" 하고 외치는 소리를 들었고 ─ 그것은 마치 바람이 쌩하고 지나가는 소리 같았다 ─ 이제 그를 보게 되었다. 문 옆에 가장 가까이 서 있던 지배인은 벌어진 입을 손으로 틀어막고 일정하게 작용하는 보이지 않는 힘이 자신을 쫓아내기라도 하듯이 천천히 뒷걸음질 치고 있었다. 어머니는 ─ 지배인이 와 있는데도 불구하고 간밤에 풀어헤쳐 뻗친 머리 그대로 그곳에 서 있었다 — 두 손을 깍지 낀 채 먼저 아버지를 쳐다본 뒤 그레고르를 향해 두 발자국 떼다가 그대로 푹 주저앉았는데, 그 바람에 사방으로 치마가 확 퍼졌다. 어머니의 얼굴은 가슴에 푹 파묻혀 보이지 않게 되었다. 아버지는 그레고르를 다시 방 안으로 쫓아 버리려는 듯이 적대적인 표정을 하고 주먹을 불끈 쥐더니 거실을 불안하게 두리번거리고는 양손으로 눈을 가리고서 건장한 가슴이 들먹일 정도로 울었다.

거실로 한 발짝도 떼지 않은 채 방 안쪽 잠금 고리를 걸어 둔 문짝에 기대고 있었기 때문에 그레고르의 몸통 절반과 다른 사람들을 보기 위해 내민 옆으로 기울인 머리만 보였다. 그 사이 날은 훨씬 환해졌다. 길 건너편으로 돌출 창문들이 전면에 일정하게 늘어선 끝도 없이 이어지는 맞은편의 짙은 회색 건물의 일부가 —그것은 병원이었다 — 또렷이 모습을 드러내고 있었다. 여전히 비가 내리고 있었는데, 물방울 하나하나가 고스란히 다 보이는 굵은 빗방울들이 방울방울 땅에 떨어질 뿐이었다. 식탁 위에는 아침 식기들이 즐비하게 놓여 있었다. 아버지가 아침 식사를 가장 중요하게 생각하고, 또 신문을 여러 개 읽으며 몇 시간에 걸쳐서 아침 식사를 하기 때문이었다. 바로 맞은편 벽에는 그레고르의 군대 시절 사진이 걸려 있었다. 사진 속 소위 차림의 그레고르는 군도에 손을 얹은 채 태평하게 웃고 있었고, 자신의 자세와 제복에 경의를 표하기를 요구하는 듯했다. 현관 복도로 통하는 문이 열려 있는 데다가 현관문까지 열려 있었기 때문에 집 앞 층계참과 아래로 내려가는 계단 윗부분이 내다보였다.

"이제." 그레고르가 말했다. 그는 자신이 평정심을 잃지 않은 유일한 사람이라는 것을 의식하는 듯했다. "곧 옷을 입고 상품 견본 집을 챙겨서 떠날 겁니다. 제가 떠나도록 해주실 거지요? 그리고 지배인님, 보시다시피 저는 고집이 세지도 않고 일하는 것도 좋아한답니다. 출장이 힘들긴 하지만 저는 출장을 다니지 않고는 살아갈 수 없을 거예요. 대체 어디로 가세요, 지배인님? 회사로 가십니까? 그래요? 모두 사실대로 보고하실 거지요? 사람은 일시적으로 일할 수 없는 상태가 되기도 하지만, 바로 그 순간이 과거의 성과들을 떠올리며 나중에 방해 요인이 제거되면 반드시 더 열심히, 더 집중해서 일할 것이라고 다짐하는 최적의 시점일 겁니다. 제가 사장님께 큰 빚을 지고 있다는 사실은 지배인님도 잘 알고 계실 겁니다. 또 다른 한편으로는 부모님과 여동생도 염려되네요. 지금은 제가 곤경에 처해 있지만, 곧 다시 벗어나게 될 겁니다. 제 상황을 지금보다 더 어렵게 만들지만 말아 주십시오. 회사에서 제 편이 되어 주세요! 사람들은 영업사원을 좋아하지 않지요. 저도 압니다. 그들은 영업사원이 엄청난 돈을 벌어 그걸로 안락한 삶을 영위한다고 생각합니다. 사실 그들에게는 딱히 이러한 편견에 대해 곰곰이 생각해 볼 특별한 계기도 없지요. 하지만 지배인님, 지배인님은 전반적으로 이러한 상황을 다른 사원들보다 더 잘 꿰뚫어 보고 계시지 않습니까. 저희끼리니까 하는 말이지만 심지어 사장님보다도 더 잘 알고 계시잖아요. 사장님은 경영자 입장에서 사원들에게 불리한 판단을 하시기가 쉽지요. 지배인님도 잘 아시다시피 1년 내내 거의 회사 밖에서 지내는 영업사원은 쉽게 비방과 돌발 사건, 터무니없는 불평의 희생자가 된답니다. 그런 일들에 대항하는 것은 완전히 불가능해요. 대개는 그러한 사실에 대해 까맣게 모르고 있다가 출장을 마치고 지친 몸으로 집에 돌아와서야 비로소 더 이상 원인조차도 파악할 수 없는 안 좋은 결과를 몸소 느끼게 되기 때문이죠. 지배인님, 최소한 제 말이 어느 정도는 맞는다고 한마디 해 주고 가셔야지요!"

하지만 그레고르가 첫 마디를 꺼냈을 때 지배인은 이미 등을 돌린 상태였고, 입술을 오므리고 움찔거리는 어깨 너머로 그레고르를 돌아보기만 했다. 그리고 그는 그레고르가 얘기하는 동안 잠시도 가만히 서 있지 않았고, 그레고르에게서 눈도 떼지 않은 채 문을 향해 슬금슬금 뒷걸음질 쳤다. 거실을 떠나지 말라는 비밀 금지령이 내려지기라도 한 듯이 아주 서서히. 지배인은 이미 현관 복도에 있었다. 그가 마지막으로 거실에서 발을 확 뺄 때 그 동작이 어찌나 급작스러운지 발바닥에 화상을 입은 것이 아닌가 생각될 정도였다. 반면 현관 복도에서 그는 마치 그곳에 내세의 구원이 기다리고 있기라도 한 듯이 멀리 계단을 향해서 오른손을 쭉 뻗었다.

그레고르는 회사에서 자신의 자리가 극도로 위태로워지지 않으려면 지배인을 이런 기분 상태로 가게 해서는 절대로 안 된다는 사실을 간파했다. 부모님은 이 모든 사태를 잘 이해하지 못하고 있었다. 부모님은 여러 해 동안 그레고르가 이 회사에서 평생 생계를 보장받았다고 확신해 왔고, 게다가 지금은 당장 눈앞에 닥친 걱정거리만으로도 벅차서 이후의 일은 생각조차 못 하고 있었다. 하지만 그레고르에게는 앞을 내다보는 안목이 있었다. 지배인을 붙잡아 안심시키고 설득해서 마침내 그의 마음을 얻어 내야만 했다. 이 작업에 그레고르와 그의 가족의 미래가 달려 있다! 여동생이 여기 있었다면! 그녀는 영리했다. 그레고르가 여전히 침착하게 등을 대고 누워 있을 때 그녀는 이미 울고 있었다. 그녀라면 분명 여자에게 약한 이 지배인의 마음을 돌려놓았을 것이다. 그녀는 현관문을 닫고 현관에서 지배인을 달래 그가 받은 충격을 가라앉혔을 것이다. 하지만 여동생이 없으니 지금은 그레고르 자신이 나서야 했다. 그는 자신이 지금 몸을 제대로 움직일 수 있는지조차 모르는 상태에서, 사람들이 또다시 자신의 말을 아마도 — 아니, 거의 확실히 — 이해하지 못했을 거라는 생각 따위는 하지도 않고 문짝을 떠났다. 그는 열린 문틈으로 몸을 빼낸 뒤 우스꽝스러운 자세로 이미 층계참 난간을 두 손으로 꽉 붙들고 있는 지배인에게 다가가려고 했다. 하지만 몸을 지탱할 것을 찾다가 이내 나지막한 비명을 지르며 자신의 수많은 다리 위로 엎어졌다. 그 일이 일어나자마자 그는 그날 아침 처음으로 몸이 편하게 느껴졌다. 작은 다리들 아래에 단단한 바닥이 있었다. 그는 기쁘게도 다리들이 완전히 그가 마음먹은 대로 움직여 주는 것을 눈치챘고, 심지어 다리들은 그가 원하는 곳으로 그를 데려가려고 애썼다. 이미 그는 모든 고통에서 벗어날 마지막 순간이 곧 다가올 것이라고 믿게 되었다. 하지만 그가 어머니와 전혀 멀지 않은 곳에서 동작을 제어하느라 뒤뚱거리다가 어머니를 똑바로 마주 보며 바닥에 엎드리게 된 바로 그 순간, 온전히 생각에 빠져 있는 듯하던 어머니가 갑자기 위로 솟구치듯 벌떡 일어나더니 손가락을 쫙 편 채 팔을 쭉 뻗으면서 소리쳤다. "살려 주세요, 맙소사. 도와주세요!" 어머니는 그레고르를 더 잘 보려는 듯이 고개를 숙였다가 오히려 반대로 혼비백산하여 뒷걸음질 쳤다. 음식을 차려 놓은 식탁이 뒤에 있다는 것도 잊어버리고 어머니는 식탁에 이르자 정신이 나간 듯이 황급히 그 위에 털썩 올라앉았다. 그 바람에 옆에 있던 커피 주전자가 쓰러져 양탄자 위로 커피가 줄줄 흘러내리는 것도 알아채지 못하는 듯했다.

　"어머니, 어머니." 그레고르가 나지막하게 부르며 어머니를 올려다보았다. 한동안 그는 지배인에 관한 생각을 완전히 잊고 있었다. 반면에 흘러내리는 커피를 보자 마시고 싶은 마음에 수차례 허공을 향해 턱을 벌리지 않을 수 없었다. 이 광경을 보고 어머니는 재차 비명을 지르며 식탁에서 달아나 자신을 향해 달려오는 아버지의 품에 안겨 쓰러졌다. 하지만 그레고르에게는 이제 부모님을 살필 시간이 없었다. 지배인이 벌써 계단 위에 가 있었다. 지배인은 턱을 난간에 대고 마지막으로 한 번 더 뒤를 돌아보았다. 그레고르는 최대한 확실히 지배인을 따라잡기 위해서 돌진했다. 무엇인가를 예감했는지 지배인은 계단을 몇 개씩 성큼성큼 뛰어 내려가 사라졌고, 그가 내지른 "아이고!" 하는 비명 소리가 온 계단에 울려 퍼졌다. 이제 지배인마저 달아나자 안타깝게도 이제까지 비교적 침착했던 아버지조차 완전히 혼란에 빠진 듯했다. 직접 지배인을 쫓아가거나 아니면 최소한 그레고르가 쫓아가는 것을 막지 말았어야 했는데, 그렇게 하는 대신에 아버지는 오른손으로는 지배인이 모자랑 외투와 함께 안락의자에 두고 간 지팡이를 움켜쥐고 왼손으로는 식탁에서 커다란 신문을 들어 올려 발을 구르고 지팡이와 신문을 휘둘러 대며 그레고르를 다시 그의 방으로 쫓아 버리려고 했다. 그레고르가 아무리 애원해도 소용이 없었고, 아버지 또한 그의 애원을 알아듣지 못했다. 아무리 고분고분하게 머리를 돌리고 싶어도 아버지는 더욱 세차게 발을 굴러 대기만 할 뿐이었다. 어머니는 저편에서 날씨가 쌀쌀한데도 불구하고 창문을 활짝 열어 창가에 기대선 채 밖으로 쑥 내민 얼굴을 두 손에 파묻고 있었다. 골목길과 층계참 사이로 강한 외풍이 불어와 창문 커튼이 펄럭였고, 식탁 위 신문은 사각사각 소리를 내며 한 장씩 흩날려 바닥에 떨어졌다. 아버지는 난폭한 사람처럼 쉿쉿 소리를 내며 그레고르를 가차 없이 몰아댔다. 그러나 그레고르는 뒤로 가는 연습을 해 본 적이 전혀 없어서 실제로 아주 느리게 갈 수밖에 없었다. 그가 몸을 돌리도록 허락만 해 줬어도 그는 금세 자기 방에 돌아가 있었을 것이다. 하지만 몸을 천천히 돌리는 데 시간이 오래 걸려서 아버지를 초조하게 만들까 봐 두려웠다. 또 아버지가 손에 쥐고 있는 지팡이가 매 순간 등 또는 머리에 치명적인 일격을 가할 위험도 도사리고 있었다. 그러나 결국 그레고르에게는 다른 방도가 없었다. 뒷걸음칠 때 방향조차 잡을 줄 모른다는 사실을 깨닫고 깜짝 놀랐기 때문이다. 그래서 그는 불안한 마음으로 아버지를 계속 곁눈질로 힐끔힐끔 쳐다보며 가능한 한 신속하게, 하지만 실제로는 아주 느리게 몸을 돌리기 시작했다. 아버지가 그의 선한 의도를 알아차린 듯했다. 그를 방해하는 대신에 멀리서 지팡이 끝으로 이리저리 회전 방향을 지시했다. 아버지가 저 쉿쉿 소리만 내지 않았으면! 그 소리에 그레고르는 혼이 빠졌다. 몸을 이미 거의 다 돌렸을 때 아버지의 쉿쉿 소리에 귀를 기울이다가 심지어 착각해서 다시 반대 방향으로 몸을 더 돌리기까지 했다. 하지만 다행히 마침내 머리가 열린 문 앞까지 오게 되었을 때 문을 무사히 통과하기에는 그의 몸이 너무 넓적하다는 사실을 깨달았다. 당연히 현재 심리 상태로 미루어 볼 때 아버지는 그레고르가 충분히 지나갈 수 있는 통로를 만들어 주기 위해 다른 쪽 문을 열려는 생각은 못 할 듯했다. 아버지의 머릿속은 오직 그레고르가 가능한 한 빨리 자기 방으로 돌아가야 한다는 생각으로 꽉 차 있었다. 어쩌면 그레고르는 몸을 일으켜 세우는 방식으로 문틈 사이로 지나갈 수 있었을지도 모르지만, 그것을 위해 필요한 번거로운 준비 작업 역시 아버지는 절대 허용하지 않았을 것이다. 오히려 아버지는 이제 방해 요인이 없다는 듯이 괴상한 소리를 내며 그레고르를 앞으로 몰아댔다. 이미 그레고르의 뒤에서 나는 그 소리는 더 이상 이 세상에 단 하나뿐인 아버지의 목소리가 아니었다. 이제는 정말 더는 장난이 아니었다. 그레고르는 — 될 대로 되라는 심정으로 — 문 안으로 비집고 들어갔다. 몸 한쪽이 들리더니 열린 문틈 사이에 비스듬하게 끼어 버렸다. 옆구리는 온통 찰과상을 입었고, 하얀 문에 보기 흉한 얼룩들이 생겼다. 곧 그는 몸이 꽉 끼어 버렸고, 더 이상 혼자 움직일 수 없을 것만 같았다. 그의 한쪽 다리들은 공중에서 바르르 떨고 있었고, 다른 쪽 다리들은 아프게 바닥에 꽉 짓눌려 있었다. 그때 아버지가 뒤쪽에서 힘껏 걷어차며 이번에는 진짜 구원의 일격을 가했고, 그 덕분에 그의 몸은 심하게 피를 흘리며 방 안으로 멀리 휙 날아갔다. 아버지가 지팡이로 문을 쾅 닫자 마침내 조용해졌다.

## 2

어둑해진 저녁 무렵에야 비로소 그레고르는 실신에 가까운 무거운 잠에서 깨어났다. 충분히 쉬고 잠도 실컷 잔 듯이 느껴졌기 때문에 분명 방해받지 않았어도 훨씬 더 늦게 잠에서 깨는 일은 없었을 것이다. 빠르게 지나가는 발소리와 현관 복도로 통하는 문이 조심스레 닫히는 소리에 깬 것 같았다. 전기 가로등 불빛이 방 천장과 가구 윗부분 여기저기를 창백하게 비추고 있었지만, 그레고르가 머무는 아래쪽은 어두컴컴했다. 그는 이제야 진가를 알게 된 더듬이로 여전히 어설프게 더듬으면서 무슨 일이 일어났는지 살펴보기 위해 문을 향해 천천히 움직였다. 왼쪽 옆구리가 온통 거북하게 당기는 하나의 길쭉한 상처 같았다. 그래서 그는 나란히 두 줄로 달린 다리들로 제대로 절뚝거려야만 했다. 이 밖에도 다리 하나는 오전의 돌발 사고로 심하게 다쳐서 — 다리 하나만 다친 것이 거의 기적이나 다름없었다 — 힘없이 질질 끌려갔다.

문에 다가가서야 그레고르는 실제로 자신을 그곳으로 유인한 것이 무엇인지 깨달았다. 그것은 먹을거리 냄새였다. 그곳에 달콤한 우유가 가득 담긴 대접이 놓여 있었고, 그 속에는 조그만 흰 빵조각들이 둥둥 떠 있었다. 그는 기뻐서 하마터면 웃어 댈 뻔했다. 아침보다 더 배가 고파서 거의 눈 위까지 잠길 정도로 우유 속에 머리를 담갔다가 이내 실망해서 다시 머리를 빼냈다. 옆구리가 불편해서 먹기 힘들었을 뿐만 아니라 — 헐떡대며 몸 전체를 한꺼번에 움직여야 먹을 수 있었다 — 우유 자체도 맛이 전혀 없었기 때문이다. 우유는 평소 그가 가장 좋아하는 음료였고, 분명 그 때문에 여동생이 방에 넣어 주었을 텐데 말이다. 거의 역겹기까지 해서 그는 대접에서 몸을 돌려 기어서 방 한가운데로 돌아왔다.

그레고르가 문틈으로 내다보니 거실에 가스등이 켜져 있었다. 평소 같으면 이 시간에 아버지가 어머니에게 때로는 여동생에게도 목청 높여 석간신문을 읽어 주곤 했는데, 지금은 아무 소리도 들리지 않았다. 여동생이 그에게 늘 얘기도 하고 편지로도 알렸던 신문 읽어 주기를 최근에 아버지는 아마도 포기한 것 같았다. 그런데 분명히 집이 비어 있지 않은데 사방이 너무 조용했다. "우리 가족이 이렇게 조용한 삶을 살아왔구나." 이렇게 혼잣말을 하며 어둠 속을 응시하다가 그레고르는 자신이 부모님과 여동생에게 이렇게 멋진 집에서 이런 삶을 살 수 있게 해 준 데 대해 큰 자부심을 느꼈다. 그런데 이제 이 모든 평온함과 유복한 삶, 만족감이 끔찍한 결말을 맞이하게 되면 어쩌지? 그런 생각에 빠져들지 않기 위해 그레고르는 차라리 움직이자며 방 안을 이리저리 기어 다녔다.

긴 저녁 시간 동안 한 번은 한쪽 옆문이, 또 한 번은 다른 쪽 옆문이 살짝 열렸다가 금세 다시 닫혔다. 누군가 들어오고는 싶은데 재차 주저했던 모양이다. 그레고르는 이제 어떻게든 주저하는 방문자를 안으로 들어오게 하거나 최소한 그가 누군지 알아내겠다고 결심하고 거실문 바로 앞에 멈춰 섰다. 하지만 이제 더 이상 문이 열리지 않아서 기다림은 헛수고가 되었다. 아침에 문이 모두 잠겨 있을 때는 다들 그의 방으로 들어오려고 하더니, 지금은 그가 문 하나를 열어 두었고 다른 문들도 낮 동안에 열려 있던 것이 분명한데 더 이상 아무도 들어오지 않았다. 이제는 열쇠들도 바깥쪽에 꽂혀 있었다.

밤늦게야 비로소 거실 불이 꺼졌다. 부모님과 여동생이 늦게까지 깨어 있었다는 것을 쉽게 확인할 수 있었다. 이제 세 사람 다 발끝으로 걸으며 살그머니 멀어져 가는 소리가 똑똑히 들렸다. 확실히 내일 아침까지는 아무도 그레고르의 방으로 들어오지 않을 것이다. 그리하여 그는 방해받지 않고 이제부터 어떻게 자신의 삶을 새롭게 꾸려 나갈지 곰곰이 생각해 볼 긴 시간을 갖게 되었다. 그러나 어쩔수 없이 바닥에 납작 엎드려 있어야 하는 높고 텅 빈 방이 그를 불안하게 만들었다. 그가 5년 전부터 살던 방인데, 도무지 그 이유를 알 길이 없었다. 반쯤 무의식적으로 몸을 돌리고 살짝 수치심을 느끼며 서둘러 소파 밑으로 기어들어 갔다. 등이 약간 눌리고 더 이상 머리를 들 수 없어도 그곳에서 그레고르는 아주 쾌적하다고 느꼈다. 다만 몸이 너무 넓적해서 소파 밑으로 완전히 쏙 들어가지 않는 것이 안타까울 뿐이었다.

그레고르는 밤새 그곳에 머무르며 자는 둥 마는 둥했다. 배가 고파 계속해서 깜짝 놀라 깨기도 했고, 부분적으로 걱정과 막연한 희망 속에 시간을 보내기도 했다. 하지만 이 모든 걱정과 희망은 결국 일단은 차분하게 행동하고 인내심과 가족에 대한 최대한의 배려심을 갖고서 자신의 현재 상태로 인해 식구들에게 어쩔 수 없이 야기된 불쾌한 일들을 그들이 견뎌 낼 수 있게 만들어야 한다는 하나의 결론으로 이어졌다.

여전히 밤이나 다름없는 새벽에 벌써 그레고르는 방금 막 한 결심의 위력을 시험해 볼 기회를 얻게 되었다. 여동생이 옷을 거의 다 차려입고 현관 복도 쪽에서 문을 열고 긴장하며 안을 들여다본 것이다. 여동생은 그를 바로 발견하지 못했다가, 그가 소파 밑에 있는 것을 눈치채고는 ― 맙소사, 그가 어딘가에 있을 수밖에 없지 않은가. 다른 곳으로 날아갔을 리는 없으니 말이다 ― 너무 놀라 평정심을 잃고 밖에서 다시 문을 쾅 닫아 버렸다. 하지만 자신의 행동을 후회했는지 금방 다시 문을 열고 중환자나 심지어 낯선 사람이 있기라도 하듯이 발끝으로 살금살금 걸어 들어왔다. 그레고르는 거의 소파 가장자리까지 머리를 내밀고 그녀를 관찰했다. 그가 우유에 손도 대지 않고 내버려 뒀다는 것을 그녀가 눈치챘을까. 그것도 결코 배가 고프지 않아서 그런 것이 아니라는 것을? 그래서 그의 입맛에 더 잘 맞는 다른 음식을 가져다주지는 않을까? 그레고르는 여동생이 스스로 그렇게 하지 않으면, 그것을 알아채게 하기보다는 차라리 굶어 죽으려고 했다. 그런데도 실은 소파 밑에서 튀어나와 여동생 발치에 몸을 던지고 뭔가 좋은 먹을거리를 달라고 애원하고 싶은 마음이 굴뚝같았다. 그런데 이내 여동생은 주변에 조금 흘러내린 것 외에는 아직도 대접에 우유가 가득 들어 있는 것을 눈치채고는 놀라워하면서 그 즉시 대접을 맨손이 아니라 걸레로 집어 올린 뒤 들고 나갔다. 그레고르는 그녀가 대신 뭘 가져올지 몹시 궁금해하며 온갖 생각을 다 해 보았다. 그러나 그는 여동생이 착한 마음에서 실제로 한 일을 결코 알아맞힐 수 없었을 것이다. 그녀는 그의 입맛을 시험해 보기 위해서 그가 선택하도록 다양한 음식들을 가져와 모조리 오래된 신문지 위에 펼쳐 놓았다. 그것들은 반쯤 상한 오래된 야채, 굳어 버린 흰 소스가 묻은 저녁 식사 때 먹다 남은 뼈다귀, 건포도와 아몬드 약간, 그레고르가 이틀 전에 먹기 힘들다고 말했던 치즈, 말라비틀어진 빵, 버터 바른 빵, 그리고 버터를 발라 소금을 뿌린 빵이었다. 이 밖에도 그녀는 이것들과 함께 아마도 쭉 그레고르 전용이 될 듯한 대접에 물을 따라 내려놓았다. 그리고 여동생은 그레고르가 자기 앞에서는 먹지 않을 것이라는 것을 알아서 세심하게 몹시 서둘러 나갔고, 심지어 본인이 원하는 대로 편하게 먹어도 된다는 것을 알아차리게 하려고 열쇠를 돌려 문까지 잠가 주었다. 이제 음식을 향해 가게 되자 그레고르의 다리들이 바르르 떨었다. 심지어 그의 상처도 벌써 다 나은 게 틀림없었다. 더 이상 불편함이 느껴지지 않았다. 그 사실에 놀라워하다가 한 달도 더 전에 아주 살짝 칼에 베인 손가락이 그저께까지도 꽤 아팠던 것이 생각났다. '이제 덜 예민해진 건가?' 이런 생각을 하며 그는 음식 중 즉각 강하게 끌린 치즈를 게걸스럽게 벌써 남김없이 싹 먹어 치웠다. 그리고 뒤이어 만족감에 눈물을 글썽이며 치즈와 야채, 소스를 허겁지겁 먹어 댔다. 반면 신선한 음식은 통 맛이 없었고 냄새조차 견딜 수가 없어서 심지어 먹고 싶은 것들을 조금 떨어진 곳으로 끌어다 놓기까지 했다. 한참 전에 다 먹고서도 여전히 그 자리에서 빈둥거리고 있는데 여동생이 물러나라는 신호를 주듯이 천천히 열쇠를 돌렸다. 얼핏 잠이 들었다가 그 소리에 깜짝 놀라 깬 그레고르는 서둘러 소파 밑으로 기어 들어갔다. 그런데 짧은 시간 동안이었지만 여동생이 방에 머무는 동안 소파 밑에 들어가 있으려니 대단한 인내가 필요했다. 풍족한 음식 덕에 몸이 살짝 두리뭉실해져서 소파 밑이 비좁아 거의 숨을 쉴 수 없을 지경이었기 때문이다. 질식할 것 같은 상태에서 그는 약간 돌출된 눈으로 아무것도 모르는 여동생이 음식 찌꺼기뿐만 아니라 그레고르가 손도 대지 않은 음식들까지 모조리 더 이상 먹지 않을 거라는 듯이 빗자루로 쓸어 모아 황급히 통에 쏟아붓고 나무 뚜껑으로 덮은 뒤 가져 나가는 것을 지켜보았다. 그녀가 돌아서자마자 그레고르는 소파 밑에서 나왔고 몸통을 쭉 펴며 불룩해졌다.

이제 그레고르는 매일 이런 식으로 음식을 받았다. 첫 번째 음식은 부모님과 하녀가 자는 아침 시간에 받았다. 두 번째 음식은 모두가 점심식사를 하고 난 뒤에 받았는데, 이 시간에 부모님은 역시나 잠시 낮잠을 잤고 하녀는 여동생이 무언가를 사 오라고 심부름을 보내서 집에 없었다. 물론 그들도 그레고르가 굶어 죽기를 바라지는 않았겠지만, 그의 식사에 관해 전해 듣는 것 이상으로 알게 되는 것은 견딜 수 없었을 것이다. 아마도 실제로 여동생은 현재 충분히 고통받고 있는 그들에게 가능하면 작은 슬픔조차도 주고 싶지 않았던 것 같다.

첫날 오전에 어떤 변명을 해서 의사와 열쇠공을 다시 돌려보냈는지 그레고르는 전혀 알 길이 없었다. 자신들이 그레고르의 말을 알아듣지 못했기 때문에 여동생을 포함한 그 누구도 그가 다른 사람의 말을 이해할 수 있을 것이라고는 생각하지 못했던 것이다. 그래서 그는 여동생이 자기 방에 들어왔을 때 여기저기서 그녀의 한숨 소리와 성자들의 이름을 외쳐 대는 소리를 듣는 것만으로 만족해야 했다. 나중에 그녀가 모든 것에 어느 정도 익숙해지자 ─ 물론 완전히 적응했다는 얘기는 아니다 ─그레고르는 때때로 선의에서 한 말이나 그렇게 해석될 여지가 있는 말들을 재빨리 눈치챘다. 여동생은 그레고르가 음식을 열심히 먹어 치우면 "오늘은 맛있었구나"라고 했다. 하지만 정반대의 경우가 점점 더 빈번하게 반복되었는데, 그러면 그녀는 슬퍼하면서 "또 모조리 다 남겼네"라고 말하곤 했다.

새로운 소식을 직접 듣지 못하는 동안 그레고르는 양쪽 옆방으로부터 많은 것을 엿들었다. 목소리만 들리면 그는 곧장 소리가 나는 문 쪽으로 달려가서 그 문에 몸통을 바싹 갖다 댔다. 특히 초반에는 비밀 얘기를 나눌 때조차도 어떤 식으로든 온통 그에 관한 얘기뿐이었다. 이틀 동안 그들은 매번 식사 때마다 이제 어떻게 처신해야 할지에 대해 의논했고, 식사 시간이 아닐 때도 동일한 주제로 얘기를 나누었다. 아무도 집에 혼자 있으려고 하지 않았고 그렇다고 모두 다 집을 비울 수도 없어서 최소한 가족 중 두 명은 늘 집에 있었다. 하녀도 첫날에 바로 ─그녀가 사건의 전모에 대해 무엇을 얼마나 알고 있는지는 확실치 않았다 ─ 어머니에게 무릎을 꿇고 당장 해고해 달라고 애원했다. 그리고 15분 후 작별 인사를 할 때 크나큰 은혜를 받은 듯이 눈물을 흘리며 고마워했고, 요청하지도 않았는데 자진해서 절대 사소한 것도 다른 사람들에게 발설하지 않겠다고 굳게 맹세했다.

이제 여동생은 어머니와 함께 요리도 해야 했다. 물론 모두가 거의 먹지를 않아서 요리하는 데 큰 힘이 들지는 않았다. 그레고르의 귀에는 서로가 헛수고해 가며 상대방에게 먹으라고 권해도 "고마워. 이미 충분히 먹었어" 내지는 그와 비슷한 대답만 돌아오는 소리가 지속적으로 들렸다. 다들 마시지도 않는 것 같았다. 종종 여동생은 아버지에게 맥주를 드실 건지 물어보았고, 직접 맥주를 사 오겠다고 하다가 아버지가 아무 대답이 없으면 주저하지 마시라는 의미로 관리인 아주머니를 대신 보낼 수도 있다고 말했다. 그러다가 마침내 아버지가 큰 소리로 "안 마신다"라고 하면 더 이상 그 얘기를 꺼내지 않았다.

첫째 날이 다 가기도 전에 이미 아버지는 모든 재산 상태와 향후 전망에 대해 어머니와 여동생에게 상세히 설명했다. 때때로 아버지는 식탁에서 일어나 5년 전 회사가 파산할 때 건진 작은 베르트하임 금고에서 영수증이나 장부 같은 것을 꺼내 왔다. 아버지가 복잡한 자물쇠를 열어서 찾는 물건을 꺼낸 뒤 다시 잠그는 소리가 들렸다. 아버지의 이런 설명은 부분적으로나마 그레고르가 방에 갇힌 뒤 듣게 된 첫 희소식이었다. 그레고르는 아버지의 사업에서 최소한의 것조차도 남아 있지 않다고 생각했다. 적어도 아버지는 그에게 그것과 다르게 말한 적이 없었고, 그 역시도 아버지에게 그것에 관해 물어본 적이 없었다. 그 당시 그레고르는 식구들로부터 희망을 완전히 빼앗아 간 사업 실패를 그들이 가능한 한 빨리 잊도록 온 힘을 쏟는 데에만 신경을 썼다. 그래서 그는 당시 몹시 특별한 열의를 갖고 일하기 시작했고, 그래서 거의 하룻밤 새에 일개 점원에서 영업사원이 되었다. 물론 영업사원은 완전히 다른 돈벌이 수단을 갖게 되는데, 수수료 형태로 성공 건수가 즉시 현금으로 바뀌었다. 그레고르는 집으로 돌아가 그 돈을 식탁 위 식구들 눈앞에 올려놓을 수 있었고, 그러면 식구들은 놀라서 어쩔 줄 몰라 하며 행복해했다. 좋은 시절이었다. 그 뒤 적어도 이렇듯 빛나는 시절은 다시 오지 않았다. 이후 그레고르가 전 가족의 생계비를 책임질 정도로 돈을 많이 벌어 실제로 가장의 역할을 도맡아 하게 되었을 때도 말이다. 물론 식구들뿐만 아니라 그레고르 자신도 거기에 익숙해졌다. 식구들은 감사히 돈을 받았고 그레고르는 기꺼이 돈을 내놓았지만, 더 이상 특별히 그들 사이에 오가는 따스한 정 따위는 없었다. 그래도 여동생만은 그레고르에게 가까운 존재로 남아 있었다. 그는 자신과 다르게 음악을 무척 사랑하고 바이올린을 감동적으로 연주할 줄 아는 여동생을 내년에 음악원에 보내려는 계획을 남몰래 갖고 있었다. 그러자면 큰 비용이 들 테지만, 그 비용은 어떻게든 다른 방식으로 마련할 수 있을 터였다. 그레고르가 잠시 시내에 머무르는 동안 여동생과 대화를 나누다가 여러 차례 음악원 얘기가 나오기는 했어도 그것은 늘 실현 불가능한 멋진 꿈일 뿐이었고, 부모님은 이런 천진난만한 이야기를 듣는 것을 좋아하지 않았다. 하지만 그레고르는 그것에 대해 생각이 확고했고, 그 계획을 크리스마스 전날 밤에 성대하게 발표하려고 했다.

문에 똑바로 달라붙어 서서 귀 기울이는 동안 현 상황에서는 아무 쓸모도 없는 그런 생각들이 그의 머릿속을 스쳐 지나갔다. 때때로 그는 온몸이 피로해져 더 이상 귀 기울이지 못하고 부주의하게 문에 머리를 쾅 박고는 했는데, 그러면 얼른 다시 머리를 똑바로 들어 올렸다. 그렇게 생긴 작은 소리까지도 옆방에 다 들려서 모두를 조용하게 만들었기 때문이다. "또 뭘 하는 거람." 잠시 후 아버지가 확실히 문 쪽을 향해서 이렇게 말했고, 그제야 비로소 중단되었던 대화가 다시 서서히 시작되었다.

이제 그레고르는 집안 사정을 충분히 알게 되었는데 ─ 아버지 자신이 오랫동안 그런 일을 해 오지 않았던 데다가 어머니 또한 한 번에 바로 다 알아듣지 못해서 아버지가 설명을 자주 되풀이하곤 했기 때문이다 ─그것은 바로 온갖 불행 속에서도 아버지가 당연히 과거의 재산에서 아주 소액이나마 남겨 두었고 이자에 손을 대지 않아서 그 사이에 재산이 조금 불어났다는 것이다. 이 밖에도 그레고르가 매달 집으로 가져온 돈도 ─ 아버지 자신을 위해서는 몇 굴덴만 썼다 ─ 다 쓰지 않아서 작은 목돈이 되었다는 것이다. 문 뒤에서 그레고르는 예상하지 못했던 이런 신중함과 절약 정신에 대해 기뻐하며 열심히 고개를 끄덕였다. 사실 그는 그렇게 남은 돈으로 사장에게 아버지의 빚을 계속 갚아 나갈 수 있었을 것이고 그만큼 직장에서 벗어나는 날도 더 빨리 다가왔을 것이다. 그러나 지금은 아버지가 대비한 방식이 의심할 여지 없이 더 좋은 셈이었다.

그런데 이 돈은 이제 식구들이 오직 그 돈의 이자로만 살아가기에는 결코 충분한 액수가 아니었다. 1년 또는 최대 2년까지는 식구들이 쓰기에 충분할지 모르지만, 그 이상은 어려웠다. 그 돈은 원래 건드리면 안 되고 만일의 사태에 대비해 남겨 두어야 하는 돈이었다. 그래서 식구들은 생계비를 벌어야 했다. 하지만 아버지는 건강하기는 해도 이미 5년 동안 단 한 번도 일한 적이 없었고 스스로도 일할 자신이 없는 연로한 자였다. 그의 고단했지만 성과 없는 인생의 첫 휴가인 이 5년 동안에 아버지는 살이 많이 쪘고 그로 인해 몸이 꽤 둔해졌다. 그렇다면 이제 천식으로 고생하는 연로한 어머니가 돈을 벌어야 하나? 어머니는 집 안에서 걸어 다니기만 해도 벌써 힘들어하고 이틀에 한 번은 호흡 곤란으로 창문을 열어 두고 소파에서 지내야 하는데 말이다. 아니면 여동생이 돈을 벌어야 할까? 그 애는 아직 열일곱밖에 안 된 어린아이이고, 이제까지 예쁘게 차려입고 늦잠 자고 집안일을 돕고 몇몇 소박한 연회에 참석하며 무엇보다 바이올린을 연주하면서 살아온 아이였는데 말이다. 돈을 벌어야 한다는 이야기가 나오면 으레 그레고르는 문에서 떨어져 수치심과 슬픔으로 몸이 후끈 달아오른 채 문 옆에 놓인 시원한 가죽 소파에 몸을 던졌다.

종종 그레고르는 긴 밤 내내 그곳에 누워 한숨도 자지 않고 밤을 지새우며 몇 시간이고 가죽을 긁어 대기만 했다. 아니면 안락의자를 창문 쪽으로 밀고 가 창턱으로 기어 올라가서 안락의자로 몸을 지탱하며 창가에 기대 창밖을 내다보는 수고를 아끼지 않았다. 그저 예전에 창밖을 내다볼 때 느꼈던 해방감에 대한 모종의 기억 때문인 듯했다. 실제로 하루가 다르게 살짝 떨어져 있는 사물들조차 점점 더 흐릿하게 보였다. 예전에 너무 자주 보인다고 불평하던 맞은편 병원 건물도 더 이상 보이지 않았다. 만약에 조용하나 완전히 도회적인 샬로텐 가에 살고 있다는 사실을 정확히 알고 있지 않았다면, 그는 창문 밖으로 회색 하늘과 회색 땅이 구분이 안 될 정도로 하나로 합쳐진 황무지를 내다보고 있다고 생각했을 것이다. 세심한 여동생은 안락의자가 창문 옆에 놓여 있는 것을 단 두 번 보고서 방을 청소한 뒤에 매번 안락의자를 다시 정확하게 창가로 밀어다 놓았고, 심지어 그때부터는 안쪽 덧문도 열어 두었다.

여동생과 이야기도 나누고 그녀가 그를 위해 해야 하는 모든 일에 감사할 수 있었다면 그레고르는 그녀의 봉사를 더 쉽게 받아들일 수 있었을 것이다. 하지만 그렇게 할 수 없어서 그는 고통받았다. 물론 여동생은 이 일들이 초래하는 곤혹스러움을 가능한 한 없애려고 노력했고 시간이 지날수록 당연히 일도 더 잘 해냈다. 하지만 그레고르 또한 시간이 흐를수록 모든 것을 더 자세히 꿰뚫어 보게 되었다. 이미 여동생이 방에 들어오는 것 자체가 그에게는 끔찍한 일이었다. 평소 다른 사람이 그의 방을 들여다보지 못하도록 온갖 신경을 쓰던 여동생은 들어오기가 무섭게 문 닫을 새도 없이 곧장 창문으로 달려가서는 숨이 막히는 듯 두 손으로 서둘러 창문을 열고서 아직 날이 추운데도 한동안 창가에 머물며 크게 심호흡을 했다. 그녀는 매일 두 차례 이런 달음박질과 소음으로 그레고르를 깜짝 놀라게 했다. 그 시간 동안 내내 그레고르는 소파 밑에서 떨었지만, 여동생이 창문을 닫은 채로 그가 지내는 방에 있을 수 있었다면 분명히 그런 식으로 그를 괴롭히지 않았으리라는 것을 너무나 잘 알고 있었다.

그레고르가 변신한 지 벌써 한 달이나 지나 이미 여동생에게는 그레고르의 외관을 보고도 딱히 놀랄 이유가 없었다. 그즈음 한번은 여동생이 평소보다 조금 일찍 들어오는 바람에 그녀를 깜짝 놀라게 하기 좋게 똑바로 선 자세로 꼼짝도 하지 않고 창밖을 내다보던 그레고르와 딱 마주쳤다. 그레고르의 위치가 즉시 창문을 열 수 없게 가로막고 있었기 때문에 들어오지 않아도 전혀 놀라운 일은 아니었는데, 그녀는 들어오지 않을 뿐만 아니라 심지어 뒷걸음질까지 치며 문을 닫아 버렸다. 모르는 사람이라면 곧장 그레고르가 그녀를 물어 버리려고 숨어서 기다렸다고 생각할 수도 있었을 것이다. 물론 그레고르는 즉시 소파 밑에 숨어서 여동생이 정오에 다시 올 때까지 기다려야 했다. 그녀는 평소보다 훨씬 불안해 보였다. 그것을 통해 그는 자신을 쳐다보는 것이 여동생에게는 여전히 견디기 힘든 일이며 이후에도 쭉 견디기 힘들 것이라는 것, 그리고 그녀가 그의 소파 아래로 삐져나온 몸통의 극히 일부만 보고도 달아나지 않기 위해 극기해야만 한다는 사실을 깨닫게 되었다. 여동생이 그렇게 자신을 보게 될 일을 줄이기 위해서 어느 날 그는 침대 시트를 등에 싣고 —그 일을 하는 데만 네 시간이 걸렸다 — 소파로 가져간 뒤 자신이 완전히 가려져 여동생이 허리를 숙여도 볼 수 없도록 시트를 잘 걸쳐 두었다. 이 시트가 불필요하다고 생각되었다면 여동생은 시트를 걷어 낼 수도 있었을 것이다. 완전히 가려지는 것이 그레고르에게 결코 유쾌한 일이 아니라는 것이 너무나 명백했기 때문이다. 하지만 그녀는 시트를 그대로 내버려 두었고, 심지어 그레고르는 이 새 단장을 여동생이 어떻게 받아들이는지 살피기 위해 머리로 한 차례 조심스럽게 시트를 살짝 들추었고, 그 순간 그녀의 감사해하는 눈빛을 포착했다고 믿었다.

처음 14일 동안 부모님은 그의 방에 들어올 엄두조차 내지 못했다. 이제까지 쓸모없는 계집아이로 여기며 여동생에게 자주 화를 내던 것과 달리, 이제는 부모님이 그녀가 하는 일을 온전히 인정하는 소리가 자주 들렸다. 하지만 아버지와 어머니 둘 다 여동생이 그레고르의 방을 치우는 동안 자주 그의 방 앞에서 기다렸고, 그녀는 방에서 나오기가 무섭게 부모님께 방 안이 어땠는지, 그레고르가 뭘 먹었는지, 그가 이번에는 어떻게 행동했는지, 혹시라도 약간 나아지는 낌새가 있었는지에 대해 아주 자세히 설명해야 했다. 이 외에도 어머니는 비교적 빠른 시일 내에 그레고르를 보고 싶어 했지만, 아버지와 여동생이 처음에는 합리적인 이유를 들어 만류했다. 그레고르도 귀 기울여 들었고, 그 이유에 완전히 동의했다. 하지만 나중에 그들은 힘으로 어머니를 말려야만 했다. "제발 그레고르에게 가게 해 줘요. 불운한 내 아들이라고요! 제가 그레고르에게 가야만 한다는 것을 이해하지 못하는 거예요?"라고 어머니가 외쳐 댔을 때, 그레고르는 차라리 어머니가 들어오는 편이 낫겠다고 생각했다. 물론 매일은 아니고 일주일에 한 번 정도라면 말이다. 어머니는 모든 것을 여동생보다 훨씬 더 잘 이해하고 있었다. 여동생은 용기는 가상해도 여전히 어린아이일 뿐이었고, 결국은 그저 어린아이 같은 경솔한 마음에 이런 중책을 맡았을 것이다.

어머니를 보고 싶어 하는 그레고르의 소원은 곧 이루어졌다. 부모님을 배려해서 그는 이미 낮에는 창가에 나타나려고 하지도 않았다. 하지만 그렇다고 몇 평 안 되는 바닥을 마냥 기어 다닐 수도 없었다. 벌써 밤에 가만히 엎드려 있기가 힘들었고, 음식도 이내 아무런 즐거움을 주지 못했다. 그래서 기분 전환 삼아 벽과 천장을 이리저리 기어 다니는 습관을 갖게 되었다. 그는 특히 천장에 매달려 있는 것을 좋아했다. 바닥에 엎드려 있는 것과는 완전히 달랐다. 숨 쉬기가 한결 편했고, 가벼운 흔들림이 온몸을 통과하며 전달되었다. 거의 행복감에 젖어 방심한 상태로 위쪽에 매달려 있다가 그만 깜짝 놀라며 천장에서 바닥으로 털썩 떨어지는 일도 생겼다. 하지만 물론 이제는 이전과는 전혀 다르게 몸을 가눌 수가 있어서 심하게 떨어져도 다치지는 않았다. 이제 여동생은 그레고르가 고안해 낸 새 놀이를 즉각 눈치챘고 ─ 기어 다닐 때 그는 여기저기에 점액 자국을 남겼다 ─그가 넓은 공간에서 기어 다닐 수 있도록 방해가 되는 가구들, 무엇보다 서랍장과 책상을 치워야겠다고 결심했다. 하지만 이 일을 여동생 혼자서 해낼 수는 없었다. 아버지에게 도움을 청할 엄두는 나지 않았고, 하녀는 분명 돕지 않았을 것이다. 이 열여섯 살 남짓 되는 하녀는 지난번 식모가 그만둔 이후로 용감하게 버텨 왔지만, 부엌문을 계속 잠근 채로 있다가 특별한 용무로 부를 때만 문을 여는 특혜를 달라고 부탁했다. 그래서 여동생은 어느 날 아버지가 부재중일 때 어머니를 부르는 수밖에 없었다. 어머니는 흥분한 나머지 기쁨의 환호성을 지르며 오다가 그레고르의 방문 앞에 도착하자 역시나 말문을 닫았다. 당연히 여동생은 제일 먼저 방 안이 어지럽지 않은지부터 살펴보았고, 그다음에 어머니를 들어오게 했다. 그레고르가 시트를 엄청나게 황급히 더 아래로 잡아당기자 주름이 더 많이 잡혔고, 그래서 전체적으로 시트가 진짜 우연히 소파 위에 던져진 것처럼 보였다. 그레고르는 이번에는 시트 아래에서 염탐하는 것을 그만두었다. 어머니를 보는 것도 포기했다. 어머니가 지금 와 준 것만으로도 기뻤다. "들어오세요. 그레고르가 안 보여요." 이렇게 말하며 여동생이 어머니의 손을 잡고 이끄는 것이 분명했다. 어쨌든 이제 그레고르는 연약한 여자 둘이서 꽤 무거운 오래된 서랍장을 원래 자리에서 밀어 옮기는 소리, 그리고 너무 힘이 들까 봐 염려하는 어머니에게 귀 기울이지 않고 여동생이 줄곧 일의 대부분을 도맡아 하는 소리를 들었다. 이 일은 아주 오래 걸렸다. 대략 15분 남짓 일한 뒤 어머니는 서랍장을 차라리 제자리에 그대로 두는 것이 낫겠다고 말했다. 그 이유는 첫째로 서랍장이 너무 무거워서 아버지가 도착하기 전에 일을 다 마치지 못할 것 같고, 그렇게 되면 서랍장을 방 중앙에 내버려 두게 되어 그레고르가 다니는 길을 모조리 막아 버린다는 것이었다. 두 번째 이유는 그레고르가 가구를 치우는 것을 좋아할지 확신이 서지 않는다는 것이었다. 어머니가 보기에는 그 반대의 경우일 것 같다고 했다. 솔직히 텅 비어 버린 벽을 보니 어머니 자신의 마음도 괴로운데, 오랫동안 자기 방 가구에 익숙해져 온 그레고르가 그런 느낌을 받지 말라는 법이 어디 있으며, 그 때문에 오히려 텅 빈 방에서 버림받았다고 느낄 수도 있다는 것이었다. "그렇지 않겠니." 어머니는 그레고르가 말을 알아듣지 못한다고 확신하면서도, 방 어디에 있는지 정확히 알 수 없는 그가 목소리의 울림을 듣는 것조차 피하려는 듯이 거의 속삭이듯 아주 낮은 목소리로 말을 끝맺었다. "우리가 가구를 치워 버리면 나아질 거라는 희망을 모두 포기하고 그레고르를 무자비하게 혼자 내버려 두는 것처럼 보이지 않을까? 내 생각에는 방을 고스란히 예전 상태 그대로 두는 게 제일 좋을 것 같아. 그레고르가 우리에게 다시 돌아올 때 변한 것이 아무것도 없는 것을 보고 그간의 시간을 한결 쉽게 잊어버릴 수 있도록 말이다."

어머니의 이 말을 들으며 그레고르는 지난 두 달간 가족 내에서 단조롭게 생활하며 사람들과 직접 대화를 나눌 일이 없다 보니 그의 사고 능력에 혼란이 생긴 게 틀림없다고 여기게 되었다. 그게 아니라면 어떻게 진심으로 자신의 방이 비워지기를 바랄 수 있었는지 달리 설명할 길이 없었다. 정말로 그는 물려받은 가구들로 아늑하게 꾸며진 따스한 방을 방해받지 않고 사방으로 기어 다닐 수 있는, 동시에 인간으로서의 과거를 재빨리 깡그리 잊게 될 동굴로 바꾸고 싶었던 것일까? 이미 막 잊어버리기 일보 직전이었는데, 오랫동안 듣지 못했던 어머니의 목소리가 그를 흔들어 깨웠다. 그 무엇도 치우면 안 되었다. 전부 제자리에 있어야만 했다. 자신의 상태에 좋은 영향을 미치는 가구들 없이 지낼 수는 없었다. 설사 가구가 그가 의미 없이 이리저리 기어 다니는 일을 방해한다 해도 그것은 손해가 아니라 큰 이득이었다.

하지만 유감스럽게도 여동생은 생각이 달랐다. 그레고르에 대한 일을 논의할 때 그녀는 부모님에게 자신이 특별한 전문가임을 내세우는 데 익숙해져 있었고, 또 충분히 그럴 만한 자격도 있었다. 이제 어머니의 조언은 여동생이 처음에 혼자 생각했던 서랍장과 책상뿐만이 아니라 꼭 있어야 할 소파를 제외한 모든 가구를 치우겠다고 주장하는 근거가 되어 버렸다. 물론 그녀가 단지 어린애의 치기와 최근 예상치 못하게 어렵사리 획득한 자신감 때문에 이런 주장을 하게 된 것은 아니었다. 그녀는 또한 실제로 그레고르에게 기어 다닐 공간이 많이 필요하며, 그런데도 그가 가구들을 조금도 이용하지 않는다는 사실을 직접 보며 관찰했던 것이다. 기회가 닿을 때마다 만족을 추구하는 그녀 나이 또래 여자아이들의 열광적인 감수성도 한몫했을지 모른다. 이러한 감수성 때문에 그레테는 이제 그레고르를 위해 이제까지보다 더 많은 일을 해 주고 싶어서 그의 처지를 더 끔찍하게 만드는 유혹에 빠지게 된 것이었다. 그레고르 혼자 텅 빈 벽들을 독차지하게 될 이 공간에 그레테 외에는 그 누구도 들어올 엄두를 내지 못할 것이기 때문이었다.

어머니의 만류에도 여동생은 결심을 바꾸지 않았다. 이 방에서 온통 불안해서 어찌할 바를 모르던 어머니는 이내 아무 말도 하지 않았고 여동생이 서랍장을 들어 나르는 데 힘을 보탰다. 여하간 어쩔 수 없는 경우라면 그레고르는 서랍장 없이는 지낼 수 있었다. 하지만 책상은 방에 남아 있어야 했다. 두 여자가 서랍장에 몸을 바싹 붙이고 낑낑대며 장을 들어 막 방을 떠나자마자, 그레고르는 어떻게 하면 조심스럽지만 가능한 한 신중하게 이 일에 개입할 수 있을지 알아보기 위해 소파 아래로 머리를 내밀었다. 그러나 여동생이 옆방에서 진척도 없이 혼자서 서랍장을 끌어안고 이리저리 움직여 보는 동안 먼저 그레고르 방으로 돌아온 사람은 운이 나쁘게도 하필이면 어머니였다. 그런데 어머니는 그를 보는 데 익숙하지 않기 때문에 그가 어머니를 병이 나게 할 수도 있을 터였다. 그레고르가 놀라서 서둘러 뒷걸음질 쳐 소파의 다른 끝으로 기어가긴 했지만, 시트 앞쪽이 살짝 흔들리는 것을 막을 수는 없었다. 어머니의 주의를 끌기에는 그것으로 충분했다. 어머니는 일순간 멈칫하고 가만히 서 있다가 그레테에게 되돌아갔다.

그레고르는 반복해서 자신에게 별일 아니고 그저 가구 몇 개가 재배치될 뿐이라고 말했다. 그랬는데도 곧 두 여자가 왔다 갔다 하는 소리, 그들이 나지막이 불러대는 소리, 가구가 바닥에 긁히는 소리가 마치 사방에서 다가오는 큰 소란처럼 그에게 작용한다는 사실을 인정하지 않을 수 없었다. 머리와 다리를 바싹 움츠리고 몸통을 바닥에 납작하게 붙이고 있어 봐도 어쩔 수 없이 이 모든 것을 더 이상 버틸 재간이 없다고 혼잣말을 하게 되었다. 그들은 그가 아끼는 물건들을 모조리 치우며 그의 방을 비우고 있었다. 실톱과 다른 연장들이 들어 있는 서랍장은 이미 들어냈고, 이제는 벌써 바닥에 단단히 박혀 있는 책상을 떼어 내고 있었다. 그가 상업학교, 시립 중학교, 심지어 한때 초등학교 학생이었을 때 숙제를 하던 책상이었다 — 책상이 옮겨질 때 그레고르는 정말이지 두 여자의 선량한 의도를 파악할 겨를조차 없었다. 그뿐만 아니라 그들이 지쳐서 묵묵히 일만 해서 무거운 발걸음 소리만 들린 탓에 그는 그들의 존재조차 거의 잊고 있었다.

그래서 그레고르는 소파 밖으로 나왔고 — 두 여자는 이제 옆방에서 책상에 기대 잠시 숨을 돌리고 있었다 — 이동 방향을 네 번이나 바꾸었다. 정말이지 뭘 먼저 구해야 할지 모를 지경이었다. 그때 이미 텅 비어 버린 벽에 걸려 있는 모피 두른 여인의 그림이 눈에 띄었다. 그는 서둘러 기어 올라가 액자 유리에 몸을 바싹 붙였다. 그가 찰싹 달라붙은 유리가 그의 뜨거운 배에 쾌감을 선사했다. 이제 적어도 그레고르가 지금 완전히 뒤덮어 버린 이 그림만큼은 확실히 아무도 빼앗아 가지 못할 것이다. 두 여자가 돌아오는지 보기 위해 그는 거실문 쪽으로 고개를 돌렸다.

그들은 많이 쉬지도 않고 벌써 돌아왔다. 그레테가 팔을 둘러 어머니를 거의 부축하다시피 하고 있었다. "그럼 이제 뭘 내갈까요?" 그레테가 말하며 두리번거렸다. 그때 그녀의 시선이 벽에 달라붙어 있는 그레고르의 시선과 마주쳤다. 어머니 때문에 여동생은 침착하게 행동했다. 어머니가 두리번거리는 것을 막으려고 그녀는 어머니를 향해 머리를 숙이고 깊게 생각해 볼 겨를도 없이 떨리는 목소

변신

리로 말했다. "그런데 차라리 잠시 거실로 돌아가는 게 낫지 않을까요?" 그레테의 의도가 그레고르에게 명확히 보였다. 어머니를 먼저 안전하게 데려다 놓은 다음에 그를 벽에서 쫓아낼 심산이었다. 그래, 어디 할 수 있으면 한번 해 보라지! 그는 그 위에 버티고 있으며 그림을 내주지 않았다. 차라리 그레테의 얼굴 위로 뛰어내릴 참이었다.

그런데 그레테의 말이 어머니를 비로소 제대로 불안하게 만들었다. 어머니가 옆으로 비켜섰고, 꽃무늬 벽지 위에 있는 거대한 갈색 얼룩을 알아채고는 실제로 자신이 본 것이 그레고르라는 것을 의식하기도 전에 절규하는 듯한 거친 목소리로 외쳐 댔다. "아 하느님, 오 맙소사!" 그러고는 모든 것을 포기한 듯 팔을 쭉 뻗으며 소파 위로 쓰러진 뒤 미동조차 하지 않았다. "그레고르 너!" 여동생이 주먹을 들어 올리며 매서운 눈초리로 소리쳤다. 그것은 그의 변신 이후 여동생이 그를 향해 직접 던진 최초의 말이었다. 그녀는 어머니를 기절에서 깨게 할 향유를 가지러 옆방으로 달려갔다. 그도 돕고 싶었는데 ―그림을 구할 시간은 아직 충분했다 ― 유리에 찰싹 달라붙어 있어서 안간힘을 써서 떨어져 나와야만 했다. 그러고는 예전처럼 여동생에게 무슨 조언이라도 해 줄 수 있는 듯이 서둘러 옆방으로 갔지만, 아무것도 하지 못한 채 그녀 뒤에 잠자코 있어야만 했다. 여러 병을 뒤지다가 돌아선 순간 그녀는 깜짝 놀랐다. 병 하나가 바닥에 떨어져 깨졌다. 파편 하나가 그레고르의 얼굴에 상처를 입혔고, 지독한 냄새를 풍기는 약물이 그의 주변에 쏟아졌다. 이제 그레테는 지체하지 않고 약병들을 들 수 있는 만큼 잔뜩 들고서 그레고르 방에 있는 어머니에게로 달려갔다. 발로 문을 쾅 닫아 버려서 이제 그는 자신의 잘못 때문에 죽을지도 모를 어머니와 격리되었다.

어머니 곁에 있어야 하는 여동생을 내쫓지 않으려면 문을 열어서는 안 되었다. 이제는 기다리는 수밖에 없었다. 자책감과 염려로 마음을 졸이며 그는 기어 다니기 시작했다. 벽, 가구, 천장 위를 닥치는 대로 기어 다니다가, 마침내 방 전체가 그의 주위를 빙빙 돌기 시작했을 때 절망감에 빠져 커다란 식탁 한가운데로 툭 떨어졌다.

시간이 잠시 흘렀다. 그레고르는 그곳에 맥없이 엎드려 있었고 주변은 고요했다. 좋은 징조일 수도 있었다. 그때 초인종이 울렸다. 하녀는 당연히 부엌에 박혀서 꼼짝도 안 했고, 그래서 그레테가 문을 열러 가야 했다. 아버지가 왔다. "무슨 일 있었냐?" 아버지의 첫마디였다. 그레테의 외양이 그에게 모든 사실을 폭로하고 있었다. 그레테가 둔탁한 목소리로 대답하며 아버지의 가슴에 얼굴을 파묻었다. "어머니가 기절하셨는데 이제 상태가 좋아지셨어요. 그레고르가 방 밖으로 나왔었거든요." "내 그럴 줄 알았어." 아버지가 말했다. "내가 줄곧 얘기했는데 두 사람 모두 귀 기울여 듣지 않았지." 그레고르는 그레테가 지나치게 간략하게 전달하는 바람에 아버지가 잘못 해석하여 그가 무슨 폭행이라도 저지른 것으로 짐작하고 있다는 사실을 깨달았다. 아버지의 오해를 풀 시간도 없고 또 가능성도 희박했기 때문에 이제 아버지의 흥분을 가라앉히는 시도를 해야 했다. 그래서 그레고르는 자기 방문 쪽으로 도망가 문에 몸을 바싹 붙였다. 즉시 자기 방으로 돌아가려는 최고로 선한 의도를 갖고 있으니 그를 몰아대지 말고 그저 문만 열어 주면 즉시 다시 사라질 거라는 점을 아버지가 현관 복도에서 들어올 때 곧장 알아볼 수 있게 하기 위해서였다.

하지만 아버지는 그런 세세한 사항들을 알아챌 기분이 아니었다. "아!" 아버지가 집 안에 들어서자마자 화가 나는 동시에 기쁜 듯한 어조로 외쳤다. 그레고르는 문에서 머리를 원위치로 되돌려 아버지를 올려다보았다. 정말이지 그레고르는 아버지를 지금 서 있는 모습으로 상상해 본 적조차 없었다. 물론 최근에 새로운 방식으로 기어 다니느라 예전처럼 집에서 일어나는 다른 일들에 신경을 쓰지 못하긴 했다. 그래서 애당초 변한 상황에 직면할 각오를 단단히 해야 했는지도 모른다. 그래도, 그럼에도 불구하고 이분이 정녕 내 아버지란 말인가? 예전에 그레고르가 출장을 떠날 때는 피곤해서 침대에 파묻히다시피 누워 있었고, 그가 집으로 돌아오는 날 저녁에는 안락의자에 앉은 채 잠옷 차림으로 그를 맞이하며 전혀 일어설 상황이 되지 못해서 팔을 들어 기쁨을 표현했던 그 아버지와 동일 인물이라고? 드물기는 했어도 1년 중 일요일과 최대 명절에 몇 차례 다 같이 산책할 때 그레고르와 원래 느리게 걷는 어머니 사이에서 오래된 외투에 몸을 감싸고 지팡이로 계속 조심스레 앞쪽을 짚어 가며 약간 더 느리게 걷던 아버지, 또 무슨 말을 하고 싶으면 거의 항상 멈춰 서서 식구들을 자기 주변에 모이게 했던 그 아버지라고? 그런데 이제 아버지는 꼿꼿하게 상당히 잘 서 있었고, 은행 사환이 입는 것 같은 금색 단추에 팽팽하게 당긴 푸른색 제복을 입고 있었다. 상의의 빳빳한 옷깃 위로는 강인해 보이는 이중턱이 불거져 있었고, 숱이 무성한 눈썹 아래로는 검은 눈동자가 생기 있고 주의 깊은 눈빛을 쏘아 대고 있었다. 평소에 헝클어져 있던 흰 머리카락도 정확히 가르마를 타서 윤이 나게 아래로 빗어 넘겨져 있었다. 아버지는 은행 머리글자인 듯한 금색 글씨가 박힌 모자를 포물선으로 방을 가로질러 날아가게 소파 위로 던진 뒤 긴 제복 상의 끝자락을 뒤로

젖히고 손을 주머니에 넣은 채 성난 얼굴로 그레고르에게 다가갔다. 무엇을 하려는지 아버지 자신도 알지 못했다. 좌우간 아버지는 평소와 다르게 발을 높이 치켜들었고, 그레고르는 아버지의 엄청나게 큰 부츠 밑창을 보고 깜짝 놀랐다. 하지만 거기에 그냥 머물러 있지 않았다. 자신의 새 삶이 시작된 첫날부터 이미 그는 아버지가 자신에게 최고로 엄격하게 대하는 것만이 적절한 방식이라고 생각한다는 것을 알고 있었다. 그래서 그는 아버지에게서 달아났고, 아버지가 가만히 서 있으면 멈췄다가 아버지가 조금이라도 움찔거리면 부리나케 서둘러 다시 앞으로 기어 달아났다. 그들은 그렇게 여러 차례 방 안을 빙빙 돌았지만, 결정적인 사건은 일어나지 않았다. 이 모든 상황은 그의 느린 속도 때문에 추격전처럼 보이지도 않았다. 그 때문에 그레고르는 일단 바닥에 머물렀는데, 벽이나 천장으로 달아나면 아버지가 일부러 고약스럽게 군다고 여길까봐 특히 겁이 났다. 심지어 그레고르는 자신이 이런 도주를 당연히 오래 견뎌 내지 못할 것이라고 스스로에게 말하지 않을 수 없었다. 아버지가 한 걸음을 뗄 동안 자신은 무수히 많이 움직여야 했기 때문이다. 예전에도 완전히 믿음직한 폐를 갖고 있지는 못했던 터라 벌써 호흡 곤란이 느껴졌다. 이제 그는 전력을 다해 도망치기 위해서 눈도 제대로 뜨지 못한 채 비틀거리며 기어갔다. 감각이 무뎌져서 도주 외에 다른 방식의 탈출은 생각조차도 못했고, 톱니 모양과 첨두 모양의 조각이 섬세하게 새겨진 가구들이 가로막아도 자유롭게 기어갈 수 있는 벽들이 있다는 사실조차 거의 잊고 있었다. 그때 가볍게 던진 무언가가 그의 곁을 스치듯 날아와서 떨어지더니 그 앞에서 굴러다녔다. 그것은 사과였다. 곧 두 번째 사과가 그를 향해 날아왔다. 그레고르가 놀라서 멈춰 섰다. 아버지가 그에게 폭탄 세례를 퍼부을 작정이라서 계속 도망쳐 봤자 소용이 없었다. 아버지는 찬장의 과일 접시에 놓여 있던 사과들을 주머니에 잔뜩 채운 뒤 사전에 제대로 조준도 하지 않고 이제는 연이어 사과를 던져 댔다. 이 작은 빨간 사과들은 감전된 듯이 바닥 위를 이리저리 굴러다니다가 서로 부딪쳤다. 살짝 던진 사과 하나가 그레고르의 등을 스쳤지만 상처를 입히지는 않고 미끄러져 떨어졌다. 이와 반대로 연이어 날아온 사과 하나가 그레고르의 등에 확실히 박혀 버렸다. 방향을 바꾸면 뜻밖의 엄청난 통증이 사라질 수 있기라도 하듯이 그레고르는 몸을 질질 끌며 계속 기어가려고 했지만, 못에 박힌 것처럼 꼼짝할 수조차 없었다. 그는 모든 감각이 완전히 교란된 채 바닥에 뻗어 버렸다. 이제 마지막 시선 속에서 그는 자신의 방문이 열리면서 비명을 지르는 여동생보다 어머니가 먼저 서둘러 속옷 바람으로 달려 나오는 것을 보았다. 여동생이 기절한 어머니가 편히 숨을 쉴 수 있도록 옷을 풀어 놓았던 것이다. 그다음에는 어머니가 곧장 아버지에게 달려가고 풀어 둔 그녀의 치마들이 도중에 하나씩 차례로 바닥에 흘러 내리는 것이 보였다. 어머니가 치마에 걸려 넘어질 뻔하다가 아버지에게 달려들어 아버지와 한 몸이 되듯 아버지를 껴안는 것도 보였는데 — 하지만 그때 그레고르의 시력은 이미 말을 듣지 않았다 — 어머니는 두 손으로 아버지의 뒤통수를 감싸며 그레고르를 살려 달라고 간청했다.

# 3

한 달 넘게 그레고르가 시달린 심각한 상처는 — 아무도 빼 줄 생각을 안 했기 때문에 사과가 눈에 띄는 기념품처럼 살 속에 박혀 있었다 — 서글프고 역겨운 그레고르의 현재 몰골에도 불구하고 아버지에게조차 그가 적대시하면 안 되는 가족의 일원이며 혐오감을 억누르고 참는 것, 오직 참는 것만이 가족의 의무라는 계명이라는 점을 상기시켜 주는 듯했다.

상처로 인해 어쩌면 평생 거동이 불편할 수도 있고 당장 방을 가로지를 때도 늙은 상이군인처럼 아주 길고 오랜 시간이 필요했지만 — 높은 곳에서 기어 다니는 것은 생각조차 할 수 없었다 —그 대신에 그레고르 역시 자신의 나빠진 상태에 대한 보상을 온전하게 충분히 다 받았다. 늘 저녁 무렵에 이미 한두 시간 전부터 예리하게 관찰하던 거실문이 열려서 거실에서는 보이지 않게 어두운 자신의 방에 엎드린 채로 등이 켜진 식탁에 둘러앉아 있는 가족 모두를 바라볼 수 있었고, 이전과는 전혀 다르게 그들의 얘기를 어느 정도 공공연하게 경청하는 것도 허락되었다.

물론 그것은 그레고르가 작은 호텔 방에서 눅눅한 침구에 피곤한 몸을 던지며 약간의 그리움과 함께 끝도 없이 떠올리던 예전의 활기찬 대화가 아니었다. 이제는 대체로 아주 조용했다. 아버지는 밤에 식사한 뒤 곧바로 안락의자에서 잠이 들었고, 어머니와 여동생은 서로에게 조용히 하라며 주의를 주었다. 어머니는 불빛 아래에서 몸을 깊숙이 숙이고 양장점의 고급 속옷 바느질을 했고, 판매원 일자리를 구한 여동생은 나중에 더 나은 일자리를 구할 수 있을까 싶어서 저녁에 속기와 프랑스어를 배웠다. 때때로 아버지가 잠에서 깨어 잠들었던 사실을 전혀 모르는 듯이 어머니를 향해서 "도대체 오늘은 또 무슨 바느질을 그리 오래 하고 있는 거요!"라고 말하고는 즉시 다시 잠이 들었고, 그러면 어머니와 여동생은 피곤한 얼굴로 서로에게 미소 지었다.

일종의 고집 같은 것을 부리며 아버지는 집에서도 제복을 벗는 것을 완강히 거부했다. 잠옷이 쓸모없이 옷걸이에 걸려 있는 동안 아버지는 늘 근무할 태세를 갖추고 집에서도 상관의 명령을 기다리는 듯이 제복을 완전히 갖춰 입고 자기 자리에서 꾸벅꾸벅 졸았다. 그 결과 애초에 새 옷이 아니었던 제복은 어머니와 여동생의 온갖 세심한 관리에도 불구하고 지저분해졌다. 저녁 내내 그레고르는 연신 닦아 댄 금색 단추가 번쩍이는 얼룩투성이의 이 제복을 자주 쳐다보았다. 늙은 아버지는 몹시 불편할 텐데도 평온하게 자고 있었다.

시계가 10시를 치기가 무섭게 어머니는 조용히 속삭이며 아버지를 깨워 침대로 가서 자도록 설득하려고 했다. 여기서는 제대로 잘 수 없을 뿐만 아니라, 아버지가 6시부터 근무하려면 제대로 잘 필요가 있었기 때문이다. 하지만 아버지는 사환으로 근무하기 시작한 이후로 아집에 사로잡혀 매번 잠이 들면서도 늘 식탁에 더 머무르겠다고 고집을 부렸다. 그러면 안락의자를 침대로 바꾸도록 아버지를 움직이게 하는 데 더욱 많은 애를 써야만 했다. 어머니와 여동생이 작은 경고를 하며 아무리 종용해 봐도 아버지는 15분 동안 천천히 고개를 저으며 눈을 감은 채 일어서지조차 않았다. 어머니는 아버지의 소매를 잡아끌며 귀에 대고 비위를 맞추는 말들을 속삭였다. 여동생도 하던 숙제를 멈추고 어머니를 도왔지만, 아버지는 꿈쩍도 하지 않았다. 아버지는 더욱 깊숙이 안락의자 속으로 파고들었다. 두 여자가 아버지를 어깨에 부축하면 아버지는 그제야 눈을 뜨고서 어머니와 여동생을 번갈아 쳐다보며 말하고는 했다. "이런 게 인생이지. 이게 내 노년의 휴식이야." 아버지는 두 여자의 부축을 받으며 일어섰고, 마치 자신이 본인에게 가장 큰 짐이라도 되는 것처럼 성가셔 하며 두 여자가 자신을 문으로 데려가도록 내버려 두었다. 그리고 아버지는 그곳에서 그만두라는 손짓을 하고 혼자서 계속 걸어갔지만, 어머니는 바느질감을, 여동생은 펜을 서둘러 내동댕이치고 아버지를 뒤쫓아 달려가 계속 그를 도우려고 했다.

이렇게 녹초가 되도록 일하느라 엄청난 피로에 시달리는 가족 중에 꼭 필요한 것 이상으로 그레고르에게 신경 쓸 시간이 있는 사람이 누가 있었겠는가? 가계가 점점 더 쪼들려 이제는 하녀도 해고했다. 얼굴 주변으로 흰 머리카락이 날리는 몸집이 거대하고 뼈대가 굵은 가정부가 아침저녁으로 와서 가장 힘든 일을 해치웠다. 그 외의 집안일들은 어머니가 많은 바느질 일을 해 가며 함께 돌보았다. 심지어 그레고르가 저녁 시간에, 받게 될 금액에 대해 다 같이 상의하는 소리를 듣고 알게 되었듯이, 예전에 어머니와 여동생이 무척 행복해하며 놀러 갈 때나 축제 때 착용했던 갖가지 장신구들을 파는 일도 생겼다. 그러나 가장 큰 불평거리는 늘 그레고르를 어떻게 옮겨야 할지 막막해서 현 상황에 비해 지나치게 큰 이 집을 떠나지 못한다는 것이었다. 하지만 그레고르는 그들의 이사를 막는 것이 자신에 대한 고려 때문만은 아니라는 점을 잘 간파하고 있었다. 숨 쉴 구멍을 몇 개 뚫어 놓은 적당한 상자에 자신을 넣어서 쉽게 옮길 수도 있었을 것이다. 가족의 이사를 막는 주된 요인은 오히려 완전한 희망 상실, 그리고 모든 친척과 지인들 가운데 그 누구도 겪지 않은 불행이 자신들에게 덮쳤다는 생각이었다. 그들은 세상이 가난한 자들에게 요구하는 바를 극도로 충족시키고 있었다. 아버지는 하급 은행원들에게 아침 식사를 날랐고, 어머니는 낯선 사람들의 속옷 바느질을 하며 헌신했고, 여동생은 고객의 지시에 따라 진열대 뒤에서 이리 뛰고 저리 뛰었다. 하지만 식구들에게 이미 더 이상의 여력은 없었다. 어머니와 여동생이 이제 아버지를 침대로 데려간 뒤 되돌아와 하던 일을 내버려 둔 채 뺨이 서로 닿을 정도로 바싹 다가앉을 때, 어머니가 그레고르의 방을 가리키며 "그레테, 저기 문 닫아라"라고 말할 때, 또 이제 그레고르가 다시 어둠 속에 남겨지고 두 여자는 옆방에서 눈물을 흘리거나 눈물 없이 식탁을 응시할 때, 그때마다 그의 등에 난 상처가 새로 생긴 듯 아프기 시작했다.

이후 그레고르는 며칠 밤낮을 거의 잠도 자지 않고 지냈다. 때때로 그는 다음번에 문이 열리면 가족 문제를 예전과 마찬가지로 다시 떠맡아야겠다고 생각했다. 오랜만에 다시 그의 생각 속에 사장과 지배인, 점원, 견습사원, 이해력이 떨어지는 조수, 두세 명의 다른 회사 친구들, 지방 호텔의 객실 담당 여종업원, 스쳐 지나가는 사랑스러운 추억, 진지하게 그러나 너무 느리게 시간을 끌면서 구애했던 모자 가게의 계산대 여직원이 등장했다 ―그들은 모두 낯선 사람들 또는 이미 잊은 사람들과 섞여서 나타났고, 모조리 그와 그의 가족을 도와주기보다는 근접하기가 어려운 자들이어서 그들이 사라지자 그레고르는 기뻤다. 하지만 다음 순간 그는 또다시 가족을 염려할 기분이 아니었고, 형편없는 보살핌에 분노가 치밀었다. 무엇을 먹고 싶은지 떠올릴 수 없는데도 그레고르는 배도 고프지 않으면서 좌우간 자신이 마땅히 받아야 할 것을 가져오기 위해서 식품 서장실에 도달할 방법에 대한 계획들을 세웠다. 이제 여동생은 무엇을 주면 그가 기뻐할지 곰곰이 생각해 보지도 않고 아침과 점심 때 일하러 달려가기 전에 서둘러 발로 아무 음식이나 멋대로 그레고르 방으로 밀어 넣었고, 저녁에는 그가 음식을 맛이라도 보았는지 또는 — 가장 흔한 경우지만 — 완전히 입에 대지도 않았는지 상관하지 않고 빗자루로 쓸어 냈다. 이제 여동생은 늘 밤에 그의 방을 치웠고 이보다 더 빠를 수 없을 정도로 후딱 그 일을 해치웠다. 벽들을 따라 띠 모양의 더러운 줄이 생겼고, 여기저기에 먼지와 오물 덩어리가 뒹굴었다. 처음에 그레고르는 여동생이 들어왔을 때 특히 눈에 띄는 지저분한 구석 자리로 가서 몸을 곧추세운 자세로 그녀에게 어느 정도 책망을 표시했다. 하지만 그가 몇 주 동안 그 자세 그대로 거기에 있었어도 여동생은 달라지지 않았을 것이다. 당연히 그녀도 그와 마찬가지로 먼지를 보았지만 그대로 두기로 결심했다. 동시에 그녀는 그레고르의 방 청소가 자신의 몫이라는 점에 대해 새삼스레 아주 민감해졌고, 이 예민함이 가족 전체를 엄습했다. 한번은 어머니가 그레고르 방 대청소를 했고 물을 몇 양동이나 쓰고서야 겨우 청소에 성공했는데, 높은 습기가 당연히 그레고르의 마음을 상하게 해서 그는 기분이 나빠져 미동도 하지 않은 채 소파 위에 납작 엎드려 있었다 — 어머니는 그 대가를 치러야만 했다. 저녁에 여동생은 그레고르 방에 일어난 변화를 눈치채자마자 극도로 마음이 상해서 즉시 거실로 달려가 어머니가 손을 모아 간청하는데도 울음을 터뜨렸다. 부모님은 — 물론 아버지는 본인의 안락의자에서 자다가 깜짝 놀라서 깨어났다 — 처음에는 놀라서 무기력하게 이 광경을 지켜만 보다가 그들도 반응하기 시작했다. 아버지는 오른쪽에서 그레고르의 방 청소를 여동생에게 맡겨 두지 않았다며 어머니를 비난했고, 여동생은 왼쪽에서 이제는 더 이상 절대로 그레고르 방을 청소하지 않을 거라며 소리를 질렀다. 어머니가 흥분해서 제정신이 아닌 아버지를 침실로 끌고 가려는 동안 여동생은 몸을 들썩이며 흐느껴 울면서 작은 주먹으로 식탁을 마구 두들겨 댔다. 그리고 그레고르는 방문을 닫아 이런 광경과 소음을 피하게 해 주려는 생각을 하는 사람이 아무도 없다는 사실에 화가 나서 크게 쉭쉭 소리를 냈다.

그러나 직장 일에 지친 여동생이 그레고르를 예전처럼 돌보는데 진저리를 내게 되었다 해도 어머니가 여동생을 대신할 필요도, 그렇다고 그레고르가 소홀히 되는 일도 없었다. 이제는 가정부가 있었기 때문이다. 오랫동안 살아오면서 억센 골격 덕에 가장 험한 일도 잘 견뎌 냈을 것 같은 이 나이 든 과부는 그레고르를 전혀 혐오스러워하지 않았다. 호기심에서가 아니라 우연히 한차례 그녀가 그레고르의 방문을 열게 되었는데, 그녀는 쫓아오는 사람이 없는데도 깜짝 놀라서 이리저리 도망치기 시작하는 그를 보고 신기해하며 두 손을 무릎 위에 모아 깍지 낀 채로 가만히 서 있었다. 그리고 그때 이후로 쭉 가정부는 아침저녁으로 잠깐씩 살짝 문을 열어 그레고르를 들여다보는 일을 게을리 하지 않았다. 처음에 그녀는 "이리 와 보렴, 늙은 말똥구리야!" 또는 "이 늙은 말똥구리 좀 봐!"와 같이 스스로 다정하다고 여기는 말투로 그를 자신 쪽으로 불러냈다. 그레고르는 마치 문이 열려 있지도 않은 듯 이러한 말 걸기에 일절 대꾸도 없이 꼼짝도 하지 않고 자기 자리를 지켰다. 제발 이 가정부가 쓸데없이 기

분 내키는 대로 그를 방해하게 내버려 두지 말고 차라리 그녀에게
매일 그의 방을 청소하라고 지시나 내려줬으면! 한번은 이른 아침
에 ─ 벌써 봄이 오고 있다는 신호일지도 모를 굵은 빗방울이 창문
을 두들겼다 ─ 가정부가 또다시 허튼소리를 해 대기 시작했을 때
그레고르는 엄청나게 화가 나서 물론 느리고 쇠약한 동작이긴 했어
도 공격이라도 할 듯이 그녀를 향해 몸통을 돌렸다. 그러나 그녀는
두려워하기는커녕 달랑 문 가까이 있던 의자 하나만 높이 쳐들었다.
입을 크게 벌리고 거기 서 있는 것으로 보아 그녀의 손에 들린 의자
가 그레고르의 등을 내려친 뒤에 비로소 입을 다물겠다는 의도가
분명했다. 그레고르가 다시 몸통을 돌리자 그녀는 "옳거니, 더는 안
되겠지?"라고 말하며 의자를 조용히 구석에 내려놓았다.

　　그레고르는 이제 거의 아무것도 먹지 않았다. 방에 넣어 준 음
식 옆을 우연히 지나가게 될 때만 장난삼아 한 모금 깨물었다가 몇
시간 동안 입 속에 그대로 넣고 있다가는 대개 다시 뱉어냈다. 처음
에 그는 변해 버린 자신의 방 상태가 슬퍼서 음식을 멀리하게 된 줄
알았다. 하지만 곧 그는 그 방의 변화에 아주 빨리 적응하게 되었다.
식구들 모두 다른 곳에 둘 수 없는 물건들을 익숙하게 이 방에 들여
놓았는데, 집의 방 하나를 세 명의 하숙인에게 세놓는 바람에 이제
그런 물건들이 많아졌다. 이 엄숙한 신사들은 ─그레고르가 한 차
례 문틈으로 확인한 바로는 세 명 모두 얼굴이 온통 수염으로 뒤덮
여 있었다 ─ 이 집에 세 들어 살게 되자 곤혹스러울 만큼 방 정돈
뿐만 아니라 이제는 살림살이 전체, 특히 부엌 정돈에까지 신경을
썼다. 그들은 쓸모없거나 더러운 잡동사니들을 용납하지 못했다. 이
밖에도 그들은 자신들의 물건을 상당히 많이 가져왔다. 이러한 이유

로 팔 수도 없고 그렇다고 버릴 수도 없는 불필요한 물건들이 많이 생기게 되었다. 이런 물건들이 모두 그레고르의 방으로 옮겨졌다. 부엌에 있던 재받이 상자와 쓰레기통도 마찬가지로. 늘 몹시 서두르는 가정부는 당장 필요 없다고 생각되는 물건들을 닥치는 대로 그레고르 방으로 던져 넣었는데, 다행히 그에게는 던지는 물건과 그 물건을 들고 있는 손만 보였다. 어쩌면 가정부는 시간과 기회가 될 때 물건들을 다시 가져가거나 아니면 전부 한꺼번에 버리려고 했는지도 모른다. 하지만 실제로 그 물건들은 그레고르가 잡동사니 사이를 이리저리 비집고 다니느라 움직여 놓지 않으면 처음 던져진 상태 그대로 그곳에 놓여 있었다. 처음에는 기어 다닐 공간이 없었기 때문에 어쩔 수 없이 헤집고 다녔지만, 나중에는 만족감이 커서 그랬다. 물론 그렇게 돌아다닌 뒤에는 죽도록 피곤하고 서글퍼서 또다시 몇 시간 동안 꼼짝할 수조차 없었지만 말이다.

　하숙인들이 이따금 집의 공용 거실에서 저녁을 먹었기 때문에 저녁 시간에는 거실문이 닫혀 있는 날이 많았고, 그레고르는 아주 쉽게 문이 열리기를 포기했다. 저녁에 문이 열려 있어도 그는 이미 여러 날 그 기회를 이용하지 않았고 식구들이 눈치채지 못하게 자신의 방 가장 어두운 구석에 엎드려 있었다. 그런데 한번은 가정부가 거실로 향하는 문을 살짝 열어 두었고, 문은 하숙인들이 저녁에 들어와 불을 켤 때까지 그대로 열려 있었다. 그들은 예전에 아버지와 어머니, 그레고르가 밥을 먹던 식탁 윗자리에 자리 잡고 앉아서 냅킨을 펼치고 손에 나이프와 포크를 쥐었다. 즉시 어머니가 고기가 든 그릇을 들고 문지방에 나타났고, 그 뒤에 바싹 붙어서 여동생이 높게 쌓아 올린 감자가 담긴 그릇을 들고 왔다. 음식에서 김이 모락모락 났다. 하숙인들은 먹기 전에 검사부터 하려는 듯이 자신들 앞에 놓인 그릇들 위로 몸을 숙였다. 실제로 식탁 한가운데 앉아 나머지 두 명에게 권위자처럼 굴던 하숙인이 고기가 푹 익었는지, 부엌으로 돌려보내야 하는 것은 아닌지 확인하기 위해 그릇에서 고기 한 조각을 잘라 냈다. 그가 만족스러워하자 긴장해서 지켜보던 어머니와 여동생이 안도의 숨을 내쉬며 미소를 지었다.

정작 식구들은 부엌에서 먹었다. 그런데도 아버지는 부엌으로 가기 전에 먼저 거실로 들어가서 손에 모자를 들고 한 차례 인사를 한 뒤에 식탁 주위를 뱅 돌아갔다. 하숙인들은 일제히 일어나서 수염 아래로 무언가를 중얼거렸다. 그러고 나서 다시 자신들만 남게 되자 그들은 거의 침묵하다시피 먹기만 했다. 그레고르는 식사 중에 나는 여러 다양한 소리 가운데 계속 씹어 대는 그들의 이빨 소리만 들리는 것을 이상하게 여겼다. 마치 사람들은 먹기 위해 이빨이 필요하며 이빨이 없으면 최고로 근사한 턱이 있어도 아무것도 할 수 없다는 것을 그레고르에게 보여 주려는 것만 같았다. "나도 먹고 싶다." 그레고르가 근심에 가득 차서 중얼거렸다. "하지만 저런 것 말고. 하숙인들은 저렇게 먹어 대는데 나는 굶어 죽는구나!"

바로 그날 저녁에 ─그레고르는 그동안 바이올린 소리를 들어 본 기억이 없었다─ 부엌으로부터 바이올린 소리가 울려 퍼졌다. 하숙인들은 이미 저녁 식사를 마쳤고, 식탁 한가운데 앉아 있던 하숙인이 신문을 꺼내 다른 두 명에게 한 장씩 주었다. 이제 그들은 뒤로 기대앉아 신문을 읽으며 담배를 피웠다. 그들은 바이올린 연주가 시작되자 주의 깊게 듣더니 일어나서 발끝으로 살금살금 현관문 쪽으로 다가간 뒤에 그곳에 서로 바짝 붙어 섰다. 아버지가 "혹시 연주가 언짢으신가요? 바로 그만두라고 하겠습니다"라고 소리친 것으로 보아 부엌에도 그들의 소리가 들린 것이 틀림없었다. "그 반대입니다." 가운데 하숙인이 말했다. "아가씨가 저희 쪽으로 오셔서 여기 거실에서 연주해 주실 수는 없을까요? 이곳이 훨씬 쾌적하고 아늑할 텐데 말입니다." "오, 네." 아버지는 본인이 바이올린 연주자인 양 외쳤다. 하숙인들은 거실로 돌아와 기다렸다. 곧 아버지는 보면대를, 어머니는 악보를, 여동생은 바이올린을 들고 왔다. 여동생은 차분히 연주할 준비를 모두 마쳤다. 이제까지 한 번도 방을 세놓아 본 적이 없어서 하숙인들을 지나치게 공손하게 대하는 부모님은 자신들의 안락의자에 앉을 엄두조차 내지 못했다. 아버지는 단추를 채운 제복 상의의 두 단추 사이에 오른손을 찔러 넣고서 문에 기대섰다. 그러나 어머니는 한 하숙인이 제공한 안락의자에 그가 우연히 가져다 둔 위치 그대로 멀리 떨어진 구석에 가서 앉았다.

여동생이 연주하기 시작했다. 아버지와 어머니는 각자 자기 위치에서 주의 깊게 그녀의 손동작을 따라갔다. 연주에 이끌려서 그레고르는 용기를 내 조금 더 앞으로 기어 나갔고, 그의 머리는 이미 거실에 있었다. 그는 최근에 자신이 다른 사람들을 거의 배려하지 않고 있다는 사실이 전혀 놀랍지도 않았다. 예전에는 배려심이 그의 자부심이었는데 말이다. 게다가 사방에 수북이 쌓여 있어서 아주 조금만 움직여도 날아다니는 방 안 먼지로 온통 뒤덮인 바로 지금 몸을 숨겨야 하는 더 많은 이유가 있을 텐데도 말이다. 그는 실과 머리카락, 음식 찌꺼기를 등과 옆구리에 매달고 이리저리 끌고 다녔다. 매사에 도통 무관심해져서 예전처럼 낮에 몇 번씩 등을 대고 누워 양탄자에 몸을 비벼 닦는 일도 하지 않았다. 이런 상태인데도 그는 거리낌 없이 티 하나 없는 거실 바닥 위를 기어 앞으로 나아갔다.

　물론 아무도 그에게 주목하지 않았다. 식구들은 바이올린 연주에 온통 정신을 빼앗기고 있었다. 반면에 하숙인들은 처음에는 바지 주머니에 손을 넣은 채 다들 악보를 들여다볼 수 있을 정도로 보면대 뒤에 바짝 다가서서 여동생을 확실하게 방해하더니, 이내 고개를 숙인 채 낮은 소리로 대화하며 창가로 물러나 아버지가 걱정스럽게 지켜보는 가운데 그곳에 머물렀다. 아름답고 즐거운 바이올린 연주를 들을 수 있겠다는 예상이 빗나가서 실망한 듯했고, 연주가 지겨워도 예의상 자신들의 휴식을 방해하도록 내버려 두는 기색이 역력했다. 특히 세 명 모두 코와 입을 통해 담배 연기를 높이 내뿜는 모습에서 그들이 신경과민 상태라는 것을 짐작할 수 있었다. 그래도 여동생은 너무나 아름답게 연주하고 있었다. 그녀는 얼굴을 옆으로 기울인 채 슬픈 눈빛으로 꼼꼼히 악보를 따라갔다. 그레고르는 조금 더 앞으로 기어 나갔고, 가능한 한 여동생과 시선을 마주치려고 바닥에 머리를 바짝 갖다 댔다. 음악이 그에게 이렇게나 감동을 주는데, 그가 동물이라니? 마치 그에게 갈망하던 미지의 양식에 이르는 길이 보이는 것 같았다. 그레고르는 여동생에게 다가가 그녀의 치마를 잡아끌어서 바이올린을 들고 자기 방으로 가자는 신호를 해야겠다고 결심했다. 여기서는 아무도 그가 해 주고 싶은 만큼 그녀의 연주에 보답해 주지 않았기 때문이다. 최소한 그가 살아 있는 동안에는 여동생을 더 이상 자신의 방에서 내보내지 않을 것이다. 그의 무서운 모습이 처음으로 쓸모가 있을 것 같았다. 동시에 그는 자신의 방문을 모조리 지키며 침입자들을 향해 쉭쉭 소리를 낼 작정이었다. 그러나 여동생은 강요 없이 자발적으로 그의 방에 머물러야 할 것이다. 여동생이 그의 옆 소파에 앉아서 그를 향해 아래로 귀를 기울이면, 그는 여동생에게 그녀를 음악원에 보내려는 굳은 결심을 했었고 그 사이에 불행한 일만 일어나지 않았어도 지난 크리스마스 때 — 아마도 크리스마스는 이미 지나갔겠지? — 어떤 반대도 무릅쓰고 모두에게 이러한 결심을 말했을 거라는 사실을 털어놓을 것이다. 이러한 설명을 듣고 여동생이 감동해서 눈물을 터뜨리면 그는 그녀의 겨드랑이 높이까지 몸을 일으켜 세워 그녀의 목에 입맞춤할 것이다. 가게에 나가기 시작한 이후로 그녀는 리본이나 칼라 없이 목을 드러내 놓고 다녔다.

"잠자 씨!" 가운데 하숙인이 아버지를 향해 외치며 더 이상 한 마디도 하지 않은 채 집게손가락으로 천천히 앞을 향해 움직이는 그레고르를 가리켰다. 바이올린 소리도 멈췄다. 가운데 하숙인은 처음에 한 차례 머리를 저으며 친구들에게 미소 짓더니 다시 그레고르를 쳐다봤다. 아버지는 그레고르를 쫓아내는 것보다 먼저 하숙인들을 안심시키는 것이 더 필요하다고 여기는 듯했다. 하지만 하숙인들은 전혀 흥분하지 않았고, 바이올린 연주보다는 그레고르가 그들을 더 즐겁게 해 주는 것 같았다. 아버지는 서둘러 그들에게 달려가서 팔을 뻗어 그들을 방으로 밀어 넣는 동시에 그레고르를 보지 못하게 하려고 자신의 몸으로 시야를 가렸다. 아버지의 행동 때문인지 아니면 그레고르 같은 이웃을 옆방에 두고 있다는 사실을 여태 모르고 있었다는 사실을 이제야 깨닫게 된 때문인지는 알 수 없었지만, 이제 그들은 정말로 살짝 화가 나 있었다. 이번에는 그들 쪽에서 팔을 쳐들고 불안하게 수염을 만져 대면서 아버지에게 해명을 요구하는 가운데 하숙인들은 천천히 자신들 방 쪽으로 물러났다. 그 사이에 여동생은 갑작스레 연주가 중단된 후 얼이 빠져 있던 상태에서 벗어났고, 한동안 축 늘어뜨린 손에 바이올린과 활을 들고 계속 더 연주하려는 듯이 악보를 들여다보다가 돌연 정신을 차렸다. 그런 뒤 호흡 곤란으로 숨을 헐떡이며 여전히 안락의자에 앉아 있는 어머니의 무릎 위에 바이올린을 내려놓고는 옆방으로 달려갔다. 아버지가 밀어 대는 바람에 이미 하숙인들이 더 빨리 그 방에 다가가 있었다. 여동생의 숙련된 손놀림 속에 침대 이불과 베개가 공중으로 날아갔다가 제자리에 정돈되는 것이 보였다. 하숙인들이 방에 도착하기도 전에 벌써 그녀는 잠자리 준비를 마치고 빠져나왔다. 아버지는 다시 아집에 사로잡혀 하숙인들에게 마땅히 보여야 할 공손한 태도를 모조리 잊었다. 아버지는 그들을 밀고 또 밀다가 가운데 하숙인이 방문에서 고함치며 발을 구르자 그제야 멈췄다. 가운데 하숙인이 손을 들고 눈으로 또한 어머니와 여동생을 찾으며 말했다. "이것으로 저는 이 집과 가족이 처한 역겨운 상황을 고려하여"— 이 대목에서 그는 순간 결심한 듯 바닥에 침을 뱉었다 —"제 방을 즉시 해약하겠다고 밝히는 바입니다. 물론 제가 여기서 지낸 며칠간의 방세도 일절 한 푼 내지 않을 겁니다. 오히려 당신들에게 손해배상을 청구할 것이 없는지 따져 봐야겠습니다 —그냥 해 보는 소리가 아닙니다 — 청구 사유를 찾는 것은 일도 아닙니다." 그는 말을 멈추고 무언가를 기다리는 듯이 앞쪽을 응시했다. 실제로 즉시 그의 두 친구가 끼어들며 말했다. "우리도 바로 해약하겠습니다." 뒤이어 가운데 하숙인이 문손잡이를 움켜쥐고 쾅 소리를 내며 문을 닫았다.

아버지는 비틀거리며 손으로 더듬더듬 자신의 안락의자를 찾아가 그곳에 쓰러지듯이 앉았다. 평소 저녁처럼 사지를 쭉 뻗고 자는 것처럼 보였지만, 머리를 가누지 못하는 듯이 강하게 끄덕거리는 것으로 보아 결코 자고 있지 않았다. 그레고르는 내내 하숙인들이 자신을 발견한 위치에 그대로 조용히 있었다. 자신의 계획이 실패한 탓에, 아니 어쩌면 수없이 굶느라 허약해진 탓에 그는 꼼짝할 수조차 없었다. 이미 어느 정도 확신하는 가운데 그는 다음 순간 자신에게 떨어지게 될 벼락을 두려워하며 잠자코 기다렸다. 그는 어머니의 떨리는 손가락 아래로 삐죽 튀어나와 있던 바이올린이 그녀의 무릎에서 떨어져 소리가 울려 퍼져도 놀라지 않았다.

"사랑하는 아버지, 어머니." 여동생이 포문을 열 듯이 말을 꺼내며 손으로 식탁을 내리쳤다. "더 이상 이렇게 지낼 수는 없어요. 두 분이 깨닫지 못하시는 것 같으니 저라도 깨달아야지요. 이 괴물 앞에서 오빠의 이름을 입 밖에 내고 싶지 않으니 그냥 이렇게 말할 게요. 우리는 저것에서 벗어날 시도를 해야 해요. 우리는 저것을 돌보고 참아 내기 위해 인간으로서 할 수 있는 일은 다했어요. 그 누구도 우리를 비난할 수 없다고 생각해요."

"저 애 말이 백번 옳아." 아버지가 중얼거렸다. 여전히 숨을 제대로 쉬지 못하는 어머니는 혼란스러운 눈빛을 하며 손으로 입을 막고서 탁한 소리를 내며 기침을 했다.

여동생이 서둘러 달려가 어머니의 이마를 받쳐 들었다. 여동생의 말로 인해 아버지의 생각이 한층 명확해진 것 같았다. 아버지가 똑바로 앉더니 하숙인들이 저녁 식사를 한 뒤로 아직까지 식탁에 놓여 있는 그릇들 사이에서 자신의 근무 모자를 만지작거리며 이따금 잠자코 있는 그레고르를 바라보았다.

"우리는 저것에서 벗어나려는 시도를 해야만 해요." 여동생은 이제 아버지에게만 말했다. 어머니는 기침하느라고 아무런 말도 듣지 못했기 때문이다. "저것이 두 분을 돌아가시게 할 거예요. 그렇게 될 게 뻔히 보여요. 우리처럼 다들 이미 이렇게 힘들게 일해야 하는 사람들이 집에서조차 이런 끝없는 고통을 견뎌 낸다는 것은 불가능한 일이에요. 저는 더는 못하겠어요." 그러고 나서 격한 울음을 터뜨리는 바람에 여동생의 눈물이 어머니의 얼굴 위로 떨어졌고, 그녀는 기계적으로 손을 움직여 어머니의 얼굴에 떨어진 눈물을 닦아 냈다.

"얘야." 아버지가 측은해하는 표정을 하고 눈에 띌 정도의 이해심을 보이며 말했다. "그러면 이제 우리는 뭘 해야 하냐?"

여동생은 좀 전에 보인 확신과는 반대로, 이제는 우는 동안에 속수무책 상태가 되어 버려 어찌해야 좋을지 모르겠다는 표시로 어깨만 으쓱했다.

"쟤가 우리 말을 이해할 수 있다면." 아버지가 반쯤은 묻듯이 말했다. 여동생은 울다가 그건 생각조차 할 수 없는 일이라는 듯이 격렬하게 손을 내저었다.

"쟤가 우리 말을 이해할 수 있다면." 아버지가 반복해서 말하고는 눈을 감으며 그것이 불가능하다는 여동생의 확신을 받아들였다. "그렇다면 어쩌면 저 아이와 협의할 수도 있을 텐데. 그러나 저렇게……."

"저것은 없어져야 해요." 여동생이 소리쳤다. "그게 유일한 방법이에요, 아버지. 그냥 저것이 그레고르 오빠라는 생각을 떨쳐 버리려고 노력하셔야 해요. 우리가 오랫동안 그렇게 믿어 온 것이 우리의 근본적인 불행이에요. 도대체 어떻게 저것이 그레고르 오빠일 수 있죠? 만약 그레고르 오빠라면 인간이 저런 짐승과 함께 사는 것이 불가능하다는 걸 진작 알아차리고 자발적으로 떠났을 거예요. 그랬다면 우리는 오빠를 잃었을지는 몰라도 사는 내내 그에 대한 기억을 소중히 간직할 수 있었겠지요. 그런데 저 짐승은 우리 뒤를 쫓아다니고 하숙인들을 쫓아내서 집을 몽땅 차지한 뒤 저희를 길거리에 나앉게 하려는 것이 분명해요. 보세요, 아버지." 여동생이 갑자기 비명을 질렀다. "벌써 또 시작이에요!" 그리고 여동생은 그레고르가 전혀 이해할 수 없을 정도로 경악하며 어머니조차 버렸다. 그녀는 그레고르 가까이 있기보다 차라리 어머니를 희생시키는 편이 낫겠다는 듯이 어머니의 안락의자에서 튀어올라 아버지 뒤로 서둘러 도망갔다. 그녀의 행동만으로도 흥분한 아버지 또한 일어서서 여동생을 보호하려는 듯이 그녀 앞으로 팔을 반쯤 쳐들었다.

하지만 그레고르는 누군가에게, 하물며 여동생에게 겁을 줄 생각은 전혀 없었다. 그저 그는 자신의 방으로 돌아가기 위해 몸을 돌리기 시작했을 뿐이었다. 물론 그 동작이 유난히 눈에 띄기는 했다. 몸 상태가 안 좋아서 힘겹게 몸을 돌리려니 머리가 도와줘야 했고, 이 과정에서 머리를 쳐들었다가 바닥을 향해 내리는 행동을 여러 번 반복하게 되었던 것이다. 그레고르는 동작을 멈추고 주변을 돌아보았다. 다들 그의 선량한 의도를 알아챈 것 같았다. 아까는 그저 순간적으로 놀랐을 뿐이었다. 이제는 다들 말없이 슬픈 표정으로 그를 지켜보았다. 어머니는 다리를 모아 쭉 뻗은 채 자신의 안락의자에 누워 있었고, 피로해서 눈이 거의 감겨 있었다. 아버지와 여동생은 나란히 앉아 있었는데, 여동생이 아버지의 목에 팔을 두르고 있었다.

'이제는 몸을 돌려도 되겠구나.' 이렇게 생각하고 그레고르는 다시 작업을 시작했다. 힘이 들어서 거친 숨을 억제할 길이 없다 보니 가끔 쉬어 주어야만 했다. 그 밖에는 아무도 그를 재촉하지 않았고, 모든 것은 그레고르 자신에게 맡겨져 있었다. 몸을 다 돌리자마자 그는 즉시 직진해서 방으로 되돌아가기 시작했다. 그는 자신과 방 사이에 놓인 엄청난 거리에 깜짝 놀랐다. 쇠약한 몸인데 조금 전에 조금도 깨닫지 못한 채 똑같이 먼 길을 기어 왔다는 사실이 전혀 믿기지 않았다. 줄곧 빨리 기어갈 생각만 하느라 그를 방해하는 식구들의 그 어떤 말이나 환호가 없다는 사실에도 거의 주의를 기울이지 않았다. 문에 도달했을 때 목이 뻣뻣해서 완전히 돌아가지도 않는 머리를 좌우간 돌려서 뒤쪽에 아무런 변화가 없다는 사실을 눈으로 확인했다. 그저 여동생만 일어나 있었다. 그의 눈길이 마지막으로 이제 완전히 잠든 어머니를 스쳐 갔다.

그레고르가 방 안에 들어서자마자 부리나케 문이 닫히더니 빗장이 걸리며 잠겼다. 뒤에서 나는 갑작스러운 소음에 깜짝 놀라 그만 그의 다리가 꺾였다. 그토록 서두른 사람은 바로 여동생이었다. 그녀가 똑바로 선 채 기다리고 있다가 날렵하게 앞으로 뛰어왔던 것이다. 그레고르는 여동생이 오는 소리를 듣지 못했다. 그녀는 자물쇠에 꽂힌 열쇠를 돌리며 부모님을 향해 "드디어!"라고 외쳤다.

"그럼 이제는?" 그레고르가 자문하며 어둠 속을 둘러보았다. 곧 그는 자신이 전혀 움직일 수 없다는 사실을 발견했다. 그 사실이 전혀 놀랍지도 않았다. 사실 이제껏 이렇게 가느다란 다리로 움직일 수 있었다는 것이 오히려 부자연스럽게 느껴지기까지 했다. 이 밖에도 그는 상대적으로 편안함을 느꼈다. 온몸에 통증이 있긴 했지만 점차 약해져서 마침내 통증이 완전히 사라질 것만 같았다. 그의 등에 꽂힌 썩은 사과도, 온통 하얀 먼지로 뒤덮인 그 주변의 염증 부위도 이미 거의 느껴지지 않았다. 그는 감동과 사랑을 담아 자신의 가족을 돌이켜 생각해 보았다. 그 자신이 사라져야 한다는 생각은 여동생보다도 그가 더 단호하게 하고 있었을 것이다. 시계탑에서 새벽 3시를 알리는 종소리가 울릴 때까지 그는 이러한 공허하고 평온한 사색에 잠겨 있었다. 창밖으로 사방이 환해지는 것도 감지했다. 다음 순간 그의 고개가 자신의 의지와 상관없이 아래로 툭 떨어졌고, 콧구멍에서 마지막 숨이 미약하게 흘러나왔다.

아침 일찍 가정부가 와서 ─그러지 말아 달라고 이미 여러 번 부탁했는데도 힘이 세고 성격이 급해서 모든 문을 세게 닫고 다니는 바람에 그녀가 오면 집 안 어디서도 조용히 잘 수가 없었다─ 평소처럼 그레고르를 잠깐 방문했지만, 처음에는 아무런 특이점도 발견하지 못했다. 그녀는 그레고르가 일부러 움직이지 않고 감정이 상한 척한다고 생각했다. 그녀는 그가 판단력을 다 갖고 있다고 여겼다. 우연히 긴 빗자루를 손에 쥐게 되자 그녀는 문에서 그것으로 그레고르를 간지럽히려고 했다. 성공하지 못하자 화가 나서 그녀는 그레고르를 한층 더 쑤셔 댔다. 그리고 마침내 그가 아무 저항도 없이 있던 자리에서 쓱 밀려나자 주의 깊게 살폈다. 이내 사태를 제대로 파악한 그녀는 눈을 커다랗게 뜨고 혼자 휘파람을 불고는 오래 지체하지도 않고 침실문을 열어젖히며 큰 소리로 어둠 속을 향해 소리쳤다. "한번 보세요. 그게 뒈졌어요. 저기 누워 있어요. 완전히 뒈졌다고요!"

잠자 부부는 침대에서 똑바로 일어나 앉아 가정부가 전하는 소식을 파악하기도 전에 먼저 그녀 때문에 놀란 가슴을 진정시켜야 했다. 그러고는 각자 침대 위 자기 자리에서 서둘러 내려왔다. 잠자 씨는 어깨에 이불을 걸친 채로, 잠자 부인은 잠옷 바람으로 뛰쳐나왔다. 그렇게 그들은 그레고르의 방으로 들어섰다. 그 사이에 거실문도 열렸다. 하숙인들이 이사 온 뒤로는 그레테가 거기서 잤다. 그녀는 한숨도 자지 않은 듯이 옷을 다 입고 있었다. 창백한 얼굴도 잠을 자지 못했다는 사실을 뒷받침해 주는 것 같았다. "죽었다고요?" 잠자 부인이 이렇게 말하면서 직접 모든 것을 확인해 볼 수 있고 또 심지어 확인해 보지 않아도 알 수 있는데도 의아스러운 듯이 가정부를 쳐다보았다. "그렇다고 말씀드려야겠네요." 가정부가 이렇게 말하며 증명해 보이기 위해 빗자루로 그레고르의 시체를 옆으로 멀찍이 밀었다. 잠자 부인은 빗자루를 붙드는 동작을 했지만, 실제로 말리지는 않았다. "자." 잠자 씨가 말했다. "이제 신에게 감사드릴 수 있게 되었군." 그가 성호를 그었고, 나머지 세 여자도 그의 동작을 따라했다. 시체에서 눈도 떼지 않고 그레테가 말했다. "보세요. 얼마나 말랐는지. 오랫동안 아무것도 먹지 않았어요. 음식이 들어갔어도 다시 다 그대로 나왔다고요." 실제로 그레고르의 몸은 완전히 납작하게 말라비틀어져 있었다. 다들 그의 다리가 더 이상 몸을 지탱하지도 못하고 그 밖에 시선을 끌만한 것이 아무것도 없는 지금에 와서야 그것을 알아챘다.

"그레테, 잠시 우리 방으로 오너라." 잠자 부인이 애처로운 미소를 띠며 말하자 그레테가 시체 쪽을 돌아보며 부모님을 따라 침실로 들어갔다. 가정부가 문을 닫고 창문을 활짝 열었다. 이른 아침인데도 상쾌한 공기에 이미 미지근한 기운이 살짝 섞여 있었다. 벌써

3월 말이었다.

　그레테의 방에서 세 명의 하숙인이 나와 놀란 얼굴로 두리번 거리며 아침 식사를 찾았다. 그들이 있다는 사실을 잊고 있었던 것이다. "아침 식사는 어디에 있죠?" 가운데 남자가 가정부에게 무뚝뚝하게 물었다. 그런데 가정부는 입에 손가락을 대며 아무 말 없이 하숙인들에게 서둘러 그레고르의 방으로 들어오라고 손짓했다. 그들도 들어와 이제 이미 완전히 환해진 그레고르 방에서 약간 낡은 상의 주머니에 손을 넣은 채 그레고르 시체 주위에 둘러섰다.

　그때 침실문이 열리며 제복을 입은 잠자 씨가 한쪽 팔에는 부인을, 다른 팔에는 딸을 거느리고 나타났다. 다들 조금 울었던 듯했다. 그레테는 때때로 아버지의 팔에 얼굴을 묻었다.

　"당장 제집에서 떠나 주십시오!" 잠자 씨가 이렇게 말하며 두 여자를 자신에게서 떼어 놓지 않은 채 문을 가리켰다. "무슨 말씀이신지?" 가운데 남자가 다소 당황해서 말하며 아양을 떠는 듯한 미소를 지었다. 다른 두 명의 하숙인은 뒷짐을 지고서 자신들에게 유리하게 끝날 것이 틀림없는 큰 싸움이 벌어지기를 즐겁게 고대하듯이 계속해서 손을 비벼 댔다. "정확하게 제가 말한 그대로입니다." 잠자 씨가 대답하며 동반한 두 여자와 함께 일렬로 서서 하숙인들에게 다가갔다. 가운데 하숙인은 먼저 머릿속에서 새롭게 일들을 정리하려는 듯이 잠시 말없이 서서 바닥을 쳐다보았다. "그렇다면 나가겠습니다." 이렇게 말하며 그는 갑작스레 자신을 엄습한 겸손한 태도로 심지어 이러한 결정에 새로운 재가가 필요하다는 듯이 잠자 씨를 올려다보았다. 잠자 씨는 눈을 크게 뜨고 짧게 몇 번 고개만 끄덕였다. 곧이어 정말로 그 하숙인이 즉시 현관으로 성큼성큼 걸어갔다. 그의 두 친구는 이제 손을 잠시 차분히 하고 귀 기울여 듣다가 곧장 그를 따라 껑충껑충 뛰어갔다. 잠자 씨가 그들보다 먼저 현관에 나타나 자신들과 대장의 사이를 갈라놓을까 봐 두려운 것 같았다. 현관에서 세 명 모두 옷걸이에서 모자를 내리고 지팡이꽂이에서 지팡이를 꺼낸 뒤 말없이 허리를 숙여 인사하고는 집을 떠났다. 이내 전혀 근거 없는 것으로 밝혀진 불신에 사로잡혀서 잠자 씨는 두 여자와 함께 층계참으로 나갔다. 그러고는 난간에 기대서 세 명의 하숙인이 천천히, 그러나 계속해서 긴 계단을 내려가는 모습을 지켜보았다. 하숙인들은 층마다 계단이 일정하게 휘어진 곳에서 사라졌다가 잠시 후에 다시 나타나곤 했다. 그들이 점점 더 아래로 내려갈수록 잠자 가족의 관심도 점차 사라져 갔다. 이후 푸줏간 점원이 머리에 짐을 지고 의기양양한 태도로 그들을 향해 높은 계단을 올라오자 잠자 씨는 곧 두 여자와 함께 계단을 떠났고, 다들 홀가분한 듯이 집 안으로 돌아왔다.

그들은 오늘 하루를 휴식하고 산책하는 데 쓰겠다고 결심했다. 마땅히 그들은 그렇게 일을 쉴 자격이 있었을 뿐만 아니라 심지어 그것이 꼭 필요했다. 그래서 식탁에 앉아 세 통의 결근계를 썼다. 잠자 씨는 간부에게, 잠자 부인은 주문자에게, 그레테는 가게 주인에게. 결근계를 쓰는 동안 가정부가 들어와서 오전 일이 다 끝났으니 이만 가 보겠다고 말했다. 결근계를 쓰던 세 사람은 처음에는 쳐다보지도 않고 그저 고개만 끄덕이다가 가정부가 여전히 떠날 생각을 하지 않자 비로소 신경질적으로 그녀를 쳐다보았다. "무슨 일이죠?" 잠자 씨가 물었다. 가정부는 잠자 가족에게 커다란 행운을 가져다줄 소식을 알려야 하나 캐묻기 전에는 말하지 않겠다는 투로 미소를 띠며 문지방에 서 있었다. 그녀의 모자에 거의 수직으로 달린 작은 타조 깃털이 사방으로 가볍게 흔들렸다. 아버지는 이미 그녀가 일하는 기간 내내 그 깃털 때문에 짜증이 났었다. "도대체 무슨 용건인가요?" 가정부가 여전히 가장 존경하는 잠자 부인이 물었다. 가정부는 "네"라고 대답은 했지만 상냥하게 웃느라 바로 말을 잇지 못했다. "그러니까 저 옆방의 물건을 어떻게 치워야 할지에 대해 염려하실 필요가 없습니다. 이미 다 정리했어요." 잠자 부인과 그레테는 계속해서 쓰려는 듯이 결근계 쪽으로 몸을 숙였다. 가정부가 이제 모든 것을 상세히 설명하려고 하자 그것을 눈치챈 잠자 씨가 손을 뻗어 단호하게 저지했다. 이야기를 할 수 없게 되자 그녀는 자신이 몹시 바쁘다는 사실을 기억해 내고는 기분이 상한 내색을 하며 외쳤다. "다들 안녕히 계세요." 그러고는 거칠게 몸을 돌려 요란하게 문을 닫고 집을 떠났다.

"저녁에 해고해야겠소." 잠자 씨가 이렇게 말했지만, 부인이나 딸 모두 대답하지 않았다. 가정부가 간신히 얻은 그들의 휴식을 다시 방해하는 것 같았기 때문이다. 두 여자는 일어서서 창가로 가서 서로 껴안은 채 그곳에 머물렀다. 잠자 씨가 안락의자에 앉은 채로 그들 쪽으로 몸을 돌려 잠시 그들을 조용히 바라보다가 외쳤다. "이리 와요. 이제 지난 일들은 그만 내버려 두고 내게도 조금만 신경을 써 줘요." 두 여자는 즉시 그의 말에 따랐고, 곧장 아버지에게 달려가 그를 쓰다듬고는 서둘러 결근계 작성을 마쳤다.

그러고 나서 세 사람 모두 함께 집을 나섰다. 그들이 몇 달간 못했던 일이었다. 그리고 전차를 타고 교외로 나갔다. 그들만 앉아 있는 열차 칸을 따스한 햇살이 들어와 가득 비추었다. 그들은 편안히 좌석에 등을 대고 앉아서 미래의 전망에 관한 얘기를 나누었다. 세세히 따져 보니 전망이 그다지 어둡지만은 않다는 사실이 밝혀졌다. 사실 아직껏 서로에게 캐물어 본 적은 없지만, 세 사람의 일자리 모두 지나치게 조건이 좋고 특히 전도유망했기 때문이다. 확실히 지금의 상황을 당장 가장 크게 개선할 수 있는 손쉬운 방법은 집을 옮기는 것이었다. 이제 그들은 그레고르가 구했던 지금의 집보다 더 작고 더 싸지만 더 좋은 위치에 있는 실용적인 집을 택하려고 했다. 그렇게 대화를 나누는 동안 점점 더 생기발랄해지는 딸을 바라보다가 잠자 씨와 잠자 부인은 둘 다 거의 동시에 딸의 뺨을 창백하게 만들었던 최근의 온갖 고생에도 불구하고 그녀가 아름답고 풍만한 처녀로 활짝 피어났다는 사실을 갑작스레 깨달았다. 점차 말이 없어지고 거의 무의식적으로 눈으로 대화를 나누며 그들은 이제 딸에게 착실한 남자를 찾아 줄 때가 왔다고 생각했다. 그리고 목적지에 도착해 딸이 제일 먼저 젊은 몸을 쭉 펴면서 일어났을 때 그들은 자신들의 새로운 꿈과 좋은 의도를 확인받는 것만 같았다.

# 학술원 보고

존경하는 학술원 회원 여러분!

영광스럽게도 여러분은 제게 예전 원숭이 시절의 삶에 관해 학술원에 보고해 달라고 요청해 주셨습니다.

유감스럽게도 저는 이런 의미에서는 그 요청에 부응할 수가 없습니다. 거의 5년이나 되는 세월이 저를 원숭이 상태로부터 떼어 놓고 있기 때문이지요. 달력상으로는 짧은 기간일지 모르지만 제가 했던 대로 그렇게 정신없이 달려가기엔 한없이 긴 시간이었습니다. 구간별로 훌륭한 사람들과 조언, 박수갈채와 오케스트라 음악에 둘러싸여 있었지만, 근본적으로는 저 혼자 달렸지요. 계속 비유를 들자면, 저와 동행한 것들이 모두 장애물에 도달하지 못하고 그곳에서 한참 떨어진 곳에 머물렀기 때문입니다. 제가 저의 뿌리와 유년 시절의 기억에 고집스레 매달려 있으려고 했다면 이런 성과는 불가능했을 것입니다. 고집을 모두 포기하는 것이 바로 제가 자신에게 부과한 최상의 계율이었습니다. 자유로운 원숭이인 제가 스스로에게 이런 굴레를 씌웠던 것이죠. 반면에 그로 인해 기억은 제게 점점 더 굳게 빗장을 걸어 잠갔습니다. 처음에는 만약 사람들이 원했다면 하늘이 땅 위에 만들어 놓은 커다랗고 넓은 문을 모두 통과해 과거로 되돌아갈 수 있는 선택권이 제게 있었습니다. 하지만 동시에 앞으로 나아가도록 저 자신을 채찍질하여 발전하면 할수록 그 문은 점점 더 낮고 좁아졌습니다. 그리고 인간 세계에서 한층 편안함과 소속감을 느꼈습니다. 제 과거로부터 저를 향해 불어오던 폭풍은 잠잠해졌지요. 오늘날 그것은 저의 발뒤꿈치를 식혀 주는 외풍에 불과합니다. 제가 언젠가 통과해 지나왔던 외풍이 부는 저 먼 곳의 구멍은 아주 작아져 버려서 설령 제게 충분히 그곳으로 돌아갈 힘과 의지가 있다고 하더라도 그곳을 통과하다가 제 몸의 가죽이 다 벗겨질지도 모르겠습니다. 솔직히 말씀드리자면, 여기에 맞는 비유를 또 기꺼이 골라 보겠습니다. 솔직히 말씀드려서 회원 여러분, 여러분이 원숭이 성질 같은 것을 이미 오래전에 떨쳐 냈다고 하더라도 여러분과 여러분의 원숭이 성질과의 거리가 저와 저의 원숭이 성질과의 거리보다 더 멀다고 할 수는 없을 것입니다. 그것은 작은 침팬지에서 거대한 아킬레우스에 이르기까지 여기 땅 위를 두 발로 걸어 다니는 모든 생명체의 발뒤꿈치를 간지럽히지요.

그러나 지극히 제한된 의미로는 여러분의 질문에 답할 수 있을지도 모르겠습니다. 심지어 무척 기쁘게 말입니다. 제가 처음 배운 것은 악수였습니다. 악수는 솔직함의 표시지요. 이제 생의 정점에 서 있는 오늘날 저는 저 첫 번째 악수에 대해 솔직한 말을 덧붙일 수 있을지도 모르겠습니다. 그 말은 학술원에 근본적으로 새로운 것을 알려 주지는 못할 테고, 또 여러분이 제게 요청한 것, 제가 최선을 다해도 결코 전할 수 없는 것에도 한참 못 미칠 것입니다. 어쨌든 제 말은 과거에 원숭이였던 존재가 어떤 지침에 따라 인간 세계로 밀고 들어와 그곳에 정착하게 되었는지를 알려 주어야 하는 거겠지요. 그런데 저 스스로 확신이 없었다면, 또 문명 세계의 모든 대규모 버라이어티쇼 극장 무대 위에서 지위를 확고하게 굳히지 못했다면 저는 곧 뒤따를 변변찮은 얘기조차 못 했을 것입니다.

저는 황금해안 출신입니다. 제가 어떻게 포획되었는지에 관한 얘기는 다른 사람들의 보고에 의존하고 있습니다. 어느 날 저녁 제가 무리에 섞여 물을 마시러 달려갈 때 하겐벡 회사의 사냥 원정대가 ─ 좌우간 원정대 대장과는 이후에 좋은 적포도주들을 상당수 함께 비웠지요 ─ 해안가 덤불 속에 매복하고 있었습니다. 총이 발사되었고, 유일하게 저만 총을 맞았지요. 모두 두 발이었습니다.

한 발은 뺨에 맞았습니다. 가볍게 스치기만 했는데 털이 싹 밀린 커다란 빨간 흉터가 남게 되었습니다. 이 상처로 인해 전혀 맞지도 않을뿐더러 확실히 어느 원숭이에게서 빌려 온 빨간 페터라는 이름이 제게 붙었습니다. 마치 제가 여기저기 알려진 얼마 전에 뒈진 잘 조련된 원숭이 페터와 뺨에 난 빨간 자국으로만 구별된다는 듯이 말입니다. 여담입니다만.

두 번째 총알은 아랫도리에 명중했습니다. 크게 다쳤지요. 오늘날 제가 여전히 다리를 살짝 저는 것은 이 총상 탓입니다. 최근에 신문에서 저에 대해 의견을 밝힌 수많은 경솔한 자들 중 한 명이 쓴 기사를 읽었습니다. 그자는 저의 원숭이 본성이 아직 완전히 억제되지 않았다고 했지요. 제가 방문객이 올 때마다 총알이 지나간 자리를 보여 주기 위해 바지를 벗는 것을 무척 즐기는 게 그 증거라고 말입니다. 그런 녀석의 글 쓰는 손가락은 하나하나 차례로 날려 버려야 합니다. 저는요, 제가 그러고 싶은 자 앞에서만 바지를 벗습니다. 사람들은 그곳에서 잘 가꾼 털과 흉터, — 이 대목에서 오해를 불러일으키지 않길 바라며 특정한 목적을 위해 특정한 단어를 선택해 보기로 하죠 — 무도한 총격에 의해 생긴 흉터 외에는 아무것도 발견하지 못할 것입니다. 모든 것이 만천하에 드러나 있습니다. 숨길 게 아무것도 없어요. 진실이 문제가 될 때는 고결한 자라면 누구나 가장 품격 있는 예절마저도 내던져 버리지요. 이와 반대로 그 기사를 쓴 자가 손님이 올 때 바지를 벗으면 그것은 당연히 전혀 다른 모양새로 비칠 테니, 저는 그들이 그런 행동을 하지 않는 것을 이성의 표시로 여기려고 합니다. 그러니 그 또한 온화한 마음을 갖고 저를 괴롭히지 말았으면 합니다!

그 총격 이후 — 여기서부터 서서히 제 기억이 시작됩니다 — 저는 하겐벡 회사 증기선의 중갑판에 놓인 우리 속에서 깨어났습니다. 그것은 사면이 창살로 된 우리가 아니었습니다. 오히려 궤짝에 창살로 된 벽을 삼 면으로 고정해 놓아서 궤짝이 네 번째 벽 구실을 하고 있었습니다. 전체적으로 일어서기에는 너무 낮았고 앉기에는 너무 좁았습니다. 그래서 저는 뒤쪽 창살이 제 몸을 파고드는 동안 끊임없이 떨리는 무릎을 구부리고 궤짝을 향해 몸을 웅크리고 있었습니다. 아마도 초반에는 아무도 보고 싶지 않았고 또 계속 어둠 속에만 있고 싶었기 때문일 겁니다. 사람들은 야생동물을 포획해서 맨 처음에는 그렇게 가둬 두는 것이 이득이라고 여기지요. 오늘날 제 경험에 비추어 볼 때 인간의 관점에서는 실제로 그러하다는 점을 부인할 수 없겠군요.

하지만 그 당시에 저는 그렇게 생각하지 않았습니다. 제 생애 처음으로 탈출구가 없는 상황에 놓였던 것이지요. 최소한 앞쪽을 통해서는 나갈 수가 없었습니다. 제 앞에 바로 널빤지를 단단히 이어 붙여 만든 궤짝이 놓여 있었으니까요. 물론 널빤지들 사이로 쭉 이어진 틈새가 있기는 했습니다. 처음 이것을 발견했을 때 무지한 탓에 행복에 겨워 비명을 질러 대며 반겼지만, 이 틈새는 꼬리를 통과시키기에도 턱없이 좁았고 원숭이의 힘으로는 더 벌릴 수도 없었습니다.

나중에 사람들이 제게 들려준 바에 따르면 저는 이상할 정도로 거의 소란을 피우지 않았다고 합니다. 그 때문에 다들 제가 곧 죽거나, 그렇지 않고 초반의 힘든 고비를 잘 넘기면 조련하기에 아주 적합해질 것이라는 결론을 내렸다고 하더군요. 저는 이 시기를 잘 견뎌 냈습니다. 숨죽여 흐느껴 울기, 고통스럽게 벼룩 잡기, 지쳐서 코코넛 핥기, 머리통으로 궤짝 벽 들이받기, 누가 다가오면 혀 내밀기. 이것들이 새 삶에서 제가 처음으로 한 일이었습니다. 하지만 이 모든 것에도 불구하고 단 하나의 느낌, 탈출구가 없다는 느낌만은 늘 존재했습니다. 물론 당시에 원숭이로서 느꼈던 점을 저는 오늘 인간의 언어로밖에 묘사할 수 없어서, 그 결과 잘못 표현할 수도 있을 것입니다. 하지만 예전의 원숭이 시절의 진실에 더 이상 도달할 수 없다고 하더라도 최소한 제가 묘사하는 방향 어딘가에 진실이 담겨 있다는 점에는 조금도 의심의 여지가 없습니다.

그때까지는 제게 수많은 탈출구가 있었지만 이제 유일한 탈출구마저 사라져 버렸습니다. 제가 전혀 움직일 수 없게 되어 버린 것이지요. 설사 사람들이 저를 못으로 박아 놓았다고 해도 그것으로 인해 제 이동의 자유가 더 줄어드는 일은 결코 없었을 텐데 말이죠. 왜 그랬을까요? 발가락 사이의 살을 상처가 나도록 긁어 대도 그 이유를 알아낼 수는 없을 겁니다. 뒤쪽 창살에 거의 두 동강이 날 정도로 몸을 바싹 짓눌러 대도 그 이유를 찾을 수는 없겠지요. 탈출구는 없었지만 저는 탈출구를 만들어야 했습니다. 탈출구 없이는 살아갈 수 없었기 때문이지요. 계속 그 궤짝 벽에 붙어 지냈다가는 무조건 비참하게 죽어 버렸을 것입니다. 하지만 하겐벡 회사 측에서 볼 때 원숭이들은 궤짝 벽에 붙어 지내야 하는 존재이지요. 자, 그리하여 저는 원숭이기를 중단했습니다. 어떻든 배로 생각해 낸 냉철하고 멋진 사고 과정이었습니다. 원숭이들은 배로 생각하거든요.

제가 탈출구라고 생각하는 것을 사람들이 정확히 이해하지 못할까 봐 염려되는군요. 저는 이 단어를 단어 자체의 가장 평범하면서도 가장 온전한 의미로 사용하고 있습니다. 의도적으로 자유라는 말을 쓰지 않고 있어요. 저는 이 사방으로 향하는 자유라는 위대한 감정에 대해 말하고 있는 것이 아닙니다. 원숭이 시절에는 그러한 자유를 알았을지도 모르지요. 또 그러한 자유를 그리워하는 인간들도 알게 되었습니다. 하지만 저의 경우, 저는 그때나 지금이나 자유를 원하지 않았습니다. 덧붙이자면, 사람들은 곧잘 자유로 자신을 기만하지요. 그리고 자유가 가장 숭고한 감정 중 하나이듯이 그에 상응하는 기만도 가장 숭고한 감정에 속합니다. 저는 버라이어티 쇼 극장에서 무대에 오르기 전에 어느 곡예사 한 쌍이 위쪽 천장에 매달린 공중그네를 타는 광경을 자주 보곤 했지요. 그들은 휙 날아올라 그네를 탔고, 뛰어올라서 서로 상대의 품 안으로 날아들기도 했으며 한 사람이 다른 사람의 머리카락을 이빨로 물어 나르기도 했습니다. '아, 이것도 인간들의 자유구나'라고 저는 생각했습니다. '자신을 통제하는 움직임인데'라고 말이죠. 너 성스러운 자연에 대한 조롱이여! 이 광경을 본 원숭이가 터뜨린 폭소 앞에서는 어떤 건물도 견딜 재간이 없을 것입니다.

아니요, 저는 자유를 원하지 않았습니다. 오직 탈출구만을 원했지요. 오른쪽, 왼쪽, 그 어느 쪽이라도 상관없이 늘. 제게 다른 요구 사항은 없었습니다. 비록 탈출구가 착각에 불과할지라도 말입니다. 요구가 작아서 착각도 더 크지는 않았지요. 앞으로 나아가자, 전진! 그저 궤짝 벽에 바싹 붙어 양팔을 치켜든 채 가만히 있지만 말고.

이제서야 제 눈에 명확히 보입니다. 속으로 극도로 침착하지 못했다면 저는 결코 벗어날 수 없었을 것입니다. 그리고 실제로 제가 이룬 모든 것은 어쩌면 그곳 배에서 지낸 처음 며칠간 저를 사로잡은 침착함 덕분일지도 모르겠습니다. 하지만 그 침착함에 대해 저는 아마 또다시 그 배에 타고 있던 사람들에게 감사해야겠지요.

좌우간 그들은 선량한 사람들입니다. 오늘날에도 여전히 저는 당시에 반쯤 잠이 든 상태에서 제 귀에 들리던 그들의 무거운 발걸음 소리를 기꺼이 떠올립니다. 그들은 모든 일에 극도로 천천히 착수하는 습관을 갖고 있었지요. 눈을 비비려고 할 때는 마치 매다는 추를 들듯이 손을 들어 올렸고요. 그들의 농담은 거칠었지만 진심이 담겨 있었습니다. 그들의 웃음소리는 위험하게 들려도 늘 별것 아닌 기침 소리가 그 안에 섞여 있었지요. 그들의 입 속에는 항상 뱉어 낼 무언가가 있었는데, 어디로 뱉는지는 그들에게 아무 상관 없었습니다. 그들은 늘 제 몸의 벼룩이 그들에게로 뛰어오른다고 불평했지만, 그 때문에 그들이 제게 진짜 화가 난 적은 없었습니다. 그들은 제 털 안에 벼룩이 증식하고 있고, 또 벼룩이 높이 뛴다는 사실을 정확히 알고 있었습니다. 그들은 그렇게 받아들였지요. 일이 없을 때면 때때로 그들 중 몇 명이 제 주위에 반원 모양으로 둘러앉았습니다. 그러고는 거의 말도 없이 서로에게 알랑거리며 궤짝 위에 다리를 쭉 뻗은 채로 파이프 담배를 피웠습니다. 그들은 내가 아주 조금만 움직여도 즉시 무릎을 쳤고, 이따금 누군가가 막대기로 제가 기분 좋아하는 부위를 간지럽혀 주기도 했지요. 오늘날 그 배로 함께 항해하자는 초청을 받게 된다면, 저는 이 초청을 확실히 거절할 것입니다. 하지만 그곳 중갑판과 결부되어 떠오르는 기억들이 나쁜 것만은 아니라는 사실 또한 확실합니다.

　　이러한 사람들의 무리 속에서 얻게 된 평온이 저를 무엇보다 도주하려는 모든 시도로부터 멀어지게 만들었습니다. 오늘날 돌이켜보면, 당시 저는 살려면 탈출구를 찾아야 했지만 적어도 도주해서는 결코 이 탈출구에 도달할 수 없다는 사실을 예감했던 듯합니다. 도주가 가능하기나 했는지도 더는 잘 모르겠습니다. 그러나 원숭이는 늘 도주가 가능한 법이지요. 오늘날에는 이빨로 일상적인 호두 까기를 할 때조차도 조심해야 하지만, 당시에는 어쩌면 시간이 지나며 차차 문의 자물쇠를 물어뜯어 여는 데 성공했을지도 모릅니다. 저는 그렇게 하지 않았습니다. 그렇게 했던들 또 무엇을 얻어 낼 수 있었을까요? 제가 머리를 내밀자마자 사람들은 저를 다시 붙잡아 더 지독한 우리 속에 가둬 버렸겠지요. 그렇지 않으면 눈에 띄지 않게 다른 동물들, 가령 반대편에 있는 왕뱀들에게로 도망쳤다가 칭

칭 감겨 죽었을지도 모르고요. 아니면 갑판 위로 몰래 달아나 뱃전에서 바다로 뛰어내리는 데 성공했을지도 모르지만, 다음 순간 잠시 대양 위를 떠돌다 익사했을 것입니다. 다 자포자기해서 저지르는 일들이지요. 인간처럼 계산한 것은 아니었지만, 제 주변 환경의 영향을 받아서 저는 마치 계산한 듯이 그렇게 행동했습니다.

계산적으로 행동하지는 않았어도 차분히 관찰했을 수는 있습니다. 저는 그 사람들이 이리저리 왔다 갔다 하는 것을 보았습니다. 늘 같은 얼굴, 같은 동작. 제게는 곧잘 그들 모두가 마치 한 사람인 것처럼 여겨졌습니다. 그 사람, 아니 그 사람들은 아무 방해도 없이 걸어 다녔어요. 제게 어렴풋이 높은 목표가 떠올랐습니다. 그 누구도 제가 그들처럼 되면 창살을 올려 우리를 열어 주겠다고 약속하지는 않았습니다. 실현 불가능한 것을 두고 약속을 하지는 않지요. 하지만 실현이 가능해지면 뒤늦게, 이전에는 갈구해도 소용없던 바로 그곳에 약속 또한 등장하게 됩니다. 뭐, 그자들 자체에서 저를 엄청나게 유혹하는 것은 하나도 없었습니다. 만약 제가 앞서 언급한 자유의 추종자였다면, 저는 분명 그자들의 생기 없는 눈빛 속에 보인 탈출구보다는 대양을 더 선호했을 것입니다. 하지만 어쨌건 저는 그런 것들을 생각하기 이전에 이미 그들을 오랫동안 관찰했고, 바로 그 관찰들이 쌓여 저를 비로소 특정 방향으로 몰고 가게 되었던 것이지요.

사람들을 모방하는 일은 무척 쉬웠습니다. 며칠 만에 벌써 저는 침 뱉기를 할 수 있었지요. 그 후 우리는 서로 상대의 얼굴에 대고 침을 뱉었습니다. 차이점이라면, 저는 그러고 나서 제 얼굴을 핥았지만, 그들은 그러지 않았다는 것뿐입니다. 파이프 담배도 금방 노인처럼 피우게 되었지요. 그러고 나서 또 엄지손가락을 파이프 연소통에 밀어 넣자 중갑판이 온통 떠나갈 정도로 환호성이 터져 나왔습니다. 단지 빈 파이프와 담배를 채워 넣은 파이프의 차이점을 제가 오랫동안 깨닫지 못했을 뿐이지요.

　　제가 가장 고생했던 것은 독주병이었습니다. 냄새가 저를 괴롭혔지만 온 힘을 다해 억지로 견뎌 냈지요. 하지만 완전히 극복하기까지는 몇 주가 걸렸습니다. 이상하게도 사람들은 저의 이 내면의 투쟁을 다른 그 무엇보다 진지하게 받아들였습니다. 기억 속에서조차 저는 그들을 구별하지 못하는데, 계속 혼자서 또는 다른 동료들과 함께 낮이고 밤이고 다양한 시간대에 제게 다가온 자가 한 명 있었습니다. 그가 제 앞에 술병을 들고 서서 저를 가르쳤지요. 그는 저를 파악할 길이 없어 제 존재의 수수께끼를 풀고 싶어 했습니다. 그가 천천히 코르크 병마개를 따고는 제가 이해했는지 살피려고 저를 쳐다보았습니다. 고백하자면, 저는 항상 격렬하게 급히 서두르며 집중력을 발휘해 그를 바라보았고요. 지구상에서 그 어떤 인간 스승도 그런 인간 제자를 발견할 수는 없을 것입니다. 코르크 마개를 딴 뒤 그는 병을 입으로 가져갔고, 저의 눈길은 그의 목구멍을 따라 내려갔지요. 그는 제게 만족해하며 고개를 끄덕이고는 술병을 입술로 가져갑니다. 차츰 깨닫게 되는 사실에 매료되어 저는 끽끽 소리를 질러 대며 손 닿는 대로 몸 이곳저곳을 긁지요. 그는 기뻐하며 술병을 입에 대고 한 모금 마십니다. 저는 그를 따라 하고 싶어서 안달하다가 절망적인 마음에 그만 우리 안에 실수하고, 이것이 다시 그에게 큰 만족감을 줍니다. 이제 그는 술병을 든 손을 멀리 뻗어 술병을 재차 위로 들어 올린 뒤 과장되게 시범을 보이려는 듯이 뒤로 몸을 젖히고 단숨에 술병을 비우지요. 제가 너무나 큰 요구에 지쳐 더는 따라가지 못하고 힘없이 창살에 매달려 있는 동안 그는 자기 배를 쓰다듬고 히죽히죽 웃으며 이론 수업을 마칩니다.

이제 비로소 실전 연습이 시작됩니다. 이론적인 부분에서 이미 제가 너무 지쳤던 것은 아닐까요? 아마, 너무나 지쳐 있었을 겁니다. 그것이 제 운명이지요. 그래도 저는 제게 건네준 술병을 최대한 잘 붙들고 덜덜 떨며 코르크 마개를 땁니다. 따기에 성공하고 나니 점점 새로운 힘이 생깁니다. 모델이 된 스승과 거의 구별이 되지 않을 정도로 술병을 들어 올려 입으로 잘 가져가지만 역겨워서 술병을 바닥으로 내던져 버립니다. 술병은 이미 비어 있어서 술 냄새만 날 뿐인데도요. 스승도 슬프고 저 자신은 한층 더 슬프게 말입니다. 저 또한 술병을 던져 버린 뒤 멋지게 배를 쓰다듬으며 히죽히죽 웃는 것을 잊지 않지만, 그것으로도 스승과 저의 마음을 달랠 수는 없지요.

너무나 자주 수업은 그냥 그런 식으로 진행되었습니다. 스승에게 경의를 표하자면, 그는 제게 화를 내지 않았습니다. 그저 그는 때때로 제 손이 닿지 않는 저의 몸 어딘가가 타기 시작할 때까지 불붙은 파이프 담배를 제 털 가까이에 갖다 댔을 뿐, 다음 순간 스스로 자신의 선량한 큰 손으로 다시 불을 꺼 주었지요. 그는 제게 화를 내지 않았습니다. 그는 우리가 같은 편이 되어 원숭이 본성과 싸우고 있으며 제 쪽이 좀 더 힘들다는 사실을 간파하고 있었습니다.

그와 저 둘에게 이 무슨 승리였을까요. 어느 날 저녁 수많은 관중 앞에서 — 아마도 파티였던 것 같습니다. 축음기 소리가 울려 퍼지고, 장교가 사람들 사이를 거닐고 있었어요 — 이날 저녁에 주목받지 못하던 저는 제 우리 앞에 잘못 놓아둔 독주병을 붙잡아 전원이 점차 주목하는 가운데 배운 대로 마개를 따고 병을 입으로 가져가 망설이지도, 입을 찡그리지도 않고 전문 술꾼처럼 눈알을 데굴데굴 굴리고 목구멍에 꿀꺽꿀꺽 소리를 내면서 정말로 병을 다 비워 버렸습니다. 더 이상 자포자기한 자로서가 아니라 예술가로서 저는 술병을 내던졌습니다. 배를 쓰다듬는 것은 그만 잊어버렸어요. 하지만 그 대신에 저는 달리 방도도 없는 데다가 절박했고, 또 흠뻑 취해 정신이 혼미한 탓에 짧지만 멋지게 "안녕!"이라고 큰 소리로 인사했지요. 인간의 소리가 터져 나왔던 것입니다. 이 외쳐 대는 소리로 저는 인간 사회로 도약하게 되었지요. "한번 들어 봐. 쟤가 말을 해!"라는 그들의 메아리 소리가 땀방울이 흘러내릴 정도로 온통 땀에 젖은 제 몸에 입맞춤처럼 느껴졌습니다.

반복해서 말씀드리자면, 제가 인간을 모방하는 일에 매혹되었던 것은 아닙니다. 탈출구를 찾고 싶었기 때문에 모방했던 것이죠. 다른 이유는 없었습니다. 또 그러한 승리로도 여전히 할 수 있는 것은 많지 않았습니다. 목소리는 금세 다시 나오지 않다가 수개월 뒤에야 비로소 돌아왔고요. 심지어 독주병에 대한 거부감은 더욱 심해졌습니다. 하지만 물론 제가 나아갈 방향은 단호하게 주어졌지요.

함부르크에서 첫 번째 조련사에게 넘겨졌을 때, 저는 제 앞에 놓인 두 가지 가능성을 곧바로 인지했습니다. 동물원 아니면 버라이어티쇼 극장. 저는 망설이지 않았습니다. 저는 자신에게 온 힘을 쏟아부어 버라이어티쇼 극장으로 가자, 그것이 탈출구야, 동물원은 또 다른 새로운 창살 우리에 불과해, 거기로 가게 되면 너는 실패하는 거야라고 말했지요.

회원 여러분, 그리고 저는 열심히 배웠습니다. 해내야 하는 일이 있으면 배우게 되는 법이지요. 출구를 원하면 배우게 됩니다. 마구 배우게 되지요. 자신을 채찍질하며 감독하고 몹시 하기 싫어하는 반항심이 조금이라도 생기면 스스로를 혹독하게 다그칩니다. 저의 원숭이 본성은 재주넘기를 하며 미친 듯이 날뛰다가 제게서 빠져나가 사라져 버렸고, 그 바람에 저의 첫 번째 스승 자신이 원숭이 본성에 영향을 받아 거의 원숭이처럼 되어 버렸습니다. 그는 이내 수업을 그만두고 정신병원으로 보내져야 했지만, 다행히도 곧 다시 그곳에서 나왔지요.

하지만 저는 많은 스승을 소비했습니다. 심지어 동시에 두세 명의 스승에게 배우기도 했지요. 제 능력에 한층 확신이 들고 세상 사람들이 저의 진보를 놓치지 않고 추적하여 저의 미래가 빛나기 시작했을 때, 저는 직접 스승들을 모시고 그들을 연이은 다섯 개의 방에 각기 앉혀 놓고 쉴 새 없이 이 방에서 저 방으로 뛰어다니며 그들 모두에게서 동시에 배웠습니다.

이러한 진보! 깨어나는 뇌 속으로 사방에서 밀려드는 이러한 지식의 빛이여! 부인하지 않겠습니다. 그것은 저를 행복하게 만들었어요. 하지만 또한 고백하지 않을 수가 없군요. 제가 그것을 과대평가하지 않았다는 사실을 말입니다. 이미 당시도 그랬고, 지금은 더 그러하지요. 이제껏 지구상에서 유례를 찾아볼 수 없을 정도의 애를 쓴 끝에 저는 유럽인의 평균 교양에 도달했습니다. 그것은 그 자체로 별것 아닐지 모르지만, 제가 우리에서 나올 수 있도록 도왔고 제게 이런 특별한 탈출구, 이러한 인간 탈출구를 마련해 주었다는 점에서는 별것 아닌 것이 아니지요. 멋진 독일어 표현이 있습니다.

수풀 속으로 들어가다라고요. 바로 그것을 제가 한 것이지요. 저는 수풀 속으로 들어가듯이 슬그머니 달아났습니다. 자유를 선택할 수 없다는 사실이 늘 전제된 상태에서는 다른 방도가 없었습니다.

저의 발전과 이제까지의 목표를 개관해 볼 때 저는 한탄스럽지도, 그렇다고 만족스럽지도 않습니다. 저는 손을 바지 주머니에 넣고 탁자 위에 와인병을 두고서 흔들의자에 반은 눕고 반은 앉은 채로 창밖을 내다봅니다. 손님이 오면 응당 그래야 하듯이 저는 그를 맞이합니다. 제 매니저는 대기실에 앉아 있다가 제가 벨을 울리면 다가와 제가 하는 말을 듣습니다. 저녁에는 거의 늘 공연이 있는데, 저는 더 높이 오를 지점이 없다 싶을 정도로 성공을 거두고 있지요. 밤늦게 연회나 학술단체, 또는 화기애애한 모임에서 집으로 돌아오면 반쯤 조련된 작은 암침팬지가 저를 기다리고 있습니다. 그리고 저는 원숭이처럼 그녀 곁에서 즐겁게 시간을 보내지요. 낮에는 그 암침팬지를 보려고 하지 않습니다. 그녀의 눈빛에 혼란 상태에 있는 조련된 동물의 광기가 담겨 있기 때문이지요. 저만이 그것을 알아챌 수 있습니다. 그런데 저는 그것을 견딜 수가 없어요.

어쨌든 저는 전체적으로 제가 도달하려고 했던 바에 도달했습니다. 애쓸 가치가 없었다고는 말하지 마십시오. 덧붙이자면 저는 그 어떤 인간의 판단도 원치 않습니다. 저는 그저 지식을 전달할 따름이지요. 저는 고귀한 학술원 회원 여러분 앞에서 그저 보고할 뿐입니다. 저는 그저 보고만 드렸습니다.

# 단식예술가

지난 수십 년 사이에 단식예술가에 대한 관심이 부쩍 줄어들었다. 예전에는 직접 연출하여 이러한 종류의 대규모 공연을 개최하면 이득이 되었지만, 오늘날에는 완전히 불가능하다. 지금과는 다른 시절이었다. 당시에는 도시가 단식예술가에게 온통 마음을 빼앗겼다. 단식일이 늘어날수록 관람객 수도 증가했다. 다들 최소한 하루에 한 번은 단식예술가를 보고 싶어 했다. 나중에는 며칠씩 작은 창살 우리 앞에 앉아 있는 정기 예약 관람객들도 생겼다. 야간 관람도 가능했고, 효과를 높이기 위해 횃불도 밝혔다. 날씨가 좋은 날에는 우리를 야외로 내왔는데, 그러면 이때 특히 어린아이들이 단식예술가를 관람했다. 어른들에게는 곧잘 단식예술가가 유행이어서 보는 재밋거리에 불과했던 반면에, 아이들은 안전을 위해 서로 손을 꼭 붙들고 놀라워하면서 입을 벌린 채로 그를 쳐다보았다. 갈비뼈가 앙상하게 드러난 몸에 착 달라붙는 검은색 옷을 입은 그는 창백한 얼굴로 심지어 안락의자조차 거절하고 흩뿌려진 짚 더미 위에 앉아 한차례 정중하게 고개를 끄덕인 뒤 긴장한 채 미소를 띠며 질문에 답했고, 자신이 얼마나 말랐는지 만져 볼 수 있도록 창살 밖으로 팔을 내밀기도 했다. 그러나 다음 순간 다시 완전히 자기 생각에 잠겨 아무도 신경 쓰지 않았고, 심지어 우리 안의 유일한 가구인 시계 소리, 그에게 그토록 소중한 소리에도 전혀 개의치 않고 거의 눈을 감다시피 앞만 바라보다가 가끔 입술을 적시기 위해 엄청나게 작은 물잔에 든 물을 홀짝홀짝 마셨다.

계속 바뀌는 관람객들 외에 관중이 선택한 상주 감시인들도 있었는데, 이상스럽게도 그들은 대개 푸주한들이었다. 그들은 항상 세 명이 동시에 상주하며 단식예술가가 비밀리에 음식물을 섭취하지 않는지 밤낮으로 관찰하는 임무를 수행했다. 그러나 그것은 그저 대중을 안심시키기 위해 도입한 형식적인 일에 불과했다. 사정을 잘 아는 사람들은 단식예술가가 단식 기간 동안 절대로, 어떤 경우에도, 심지어 강요해도 최소한의 음식조차 입에 대지 않는다는 점을 잘 알고 있었다. 예술가의 명예가 그것을 금지한 것이다. 물론 감시인들이 모두 그 사실을 이해할 수 있는 것은 아니었다. 가끔 밤에 느슨하게 감시하는 감시인 조가 있었는데, 그들은 단식예술가에게 원기를 회복하는 음식을 허용하려는 명백한 의도에서 일부러 멀리 떨어진 구석에 모여 앉아 카드놀이에 열중했다. 그들은 단식예술가가 어떤 비밀 장소에서 몰래 비축해 둔 먹을거리를 꺼낼 수 있다고 생각했다. 단식예술가에게 그런 감시인들보다 더 괴로운 것은 없었다. 그들은 그를 비참하게 만들었고, 그에게 단식을 엄청나게 힘든 일로 만들었다. 때때로 그는 자신이 얼마나 부당하게 의심받는지 보여 주기 위해서 감시할 동안 자신의 탈진 상태를 극복해 가며 견딜 수 있을 때까지 마냥 노래를 불렀다. 하지만 그것은 큰 도움이 되지 못했다. 그러면 그들은 그가 노래를 부르며 먹는 재주까지 있다며 놀라워했다. 단식예술가에게는 차라리 홀의 흐린 야간 조명만으로 만족하지 못해서 공연 매니저가 마련해 준 손전등으로 창살에 바짝 다가앉아 비춰 대는 감시인이 훨씬 나았다. 눈부신 불빛은 그에게 전혀 방해되지 않았다. 잠은 전혀 잘 수 없었지만, 어떤 조명에서든, 어떤 시간이든, 초만원의 떠들썩한 홀 안에서도 그는 늘 살짝 졸 수 있었다. 그는 자지 않고 몹시 기꺼이 그런 감시인들과 온전히 밤을 지새우며 보낼 준비가 되어 있었다. 그는 그들과 농담하고, 그들에게 자신의 방랑 생활에 관한 얘기를 들려주고, 그리고 다시 그들의 이야기를 들을 준비가 되어 있었다. 이 모든 것은 그저 우리 안에 먹을 것이 아무것도 없으며 그들 중 어느 누구도 못 할 정도로 그가 단식하고 있다는 것을 그들에게 계속 보여 주기 위해서였고, 그래서 감시인들을 자지 못하게 한 것이었다. 그러나 단식예술가가 가장 행복한 순간은 아침이 되어 자신이 지불한 비용으로 그들에게 아주 풍성한 아침 식사가 제공되면 수고스럽게 밤을 새운 건장한 사내들이 왕성한 식욕을 갖고 음식에 달려들 때였다. 물론 이 아침 식사를 심지어 감시인들에게 부당한 영향을 끼치려는 의도로 보는 자들도 있었다. 하지만 그것은 너무 지나친 생각이었다. 그런 자들에게 오직 그 일을 위해 아침 식사도 없이 야간 감시를 하겠냐고 물어보면 그들은 얼굴을 찡그렸다. 그러면서도 그들은 의심을 떨쳐 내지 않았다.

　　물론 이것은 이미 단식과 분리하여 생각할 수 없는 의심이 되고 말았다. 밤낮으로 내내 쉴 새 없이 단식예술가 곁에서 감시인으로 시간을 보낼 수 있는 자는 아무도 없었고, 따라서 그 누구도 눈으로만 보아서는 진짜 중단 없이 완전무결하게 단식이 진행되었는지 알 길이 없었다. 오직 단식예술가 자신만이 알 수 있었다. 따라서 동시에 그만이 자신의 단식에 완전히 만족하는 관람객일 수 있었다. 하지만 그는 재차 다른 이유로 결코 만족하지 못했다. 안타깝게도 꽤 많은 사람이 그를 바라보기가 힘들어서 공연을 멀리해야 할 정도로 그가 바싹 마른 것은 단식 때문이 아니었을 것이다. 그가 바싹 마른 것은 어쩌면 자기 자신에 대한 불만족 때문이었을 것이다. 즉 그만이 단식이 얼마나 쉬운지 알고 있었다. 그를 제외하고는 사정을 잘 아는 사람들조차 그 사실을 알지 못했다. 그에게 단식은 세상에서 가장 쉬운 일이었다. 그 사실도 역시 숨기지 않았지만, 사람들은 그의 말을 믿지 않았다. 그들은 기껏해야 그를 겸손하다고 여겼고, 대부분은 그를 홍보에 눈이 먼 자 또는 심지어 쉬운 단식법을 터득해 손쉽게 단식하고서 그것을 절반만 고백할 정도로 철면피인 사기꾼으로 간주했다. 이 모든 것을 그는 감내해야 했고 해를 거듭할수록 점차 거기에 익숙해졌다. 하지만 내적으로는 이런 불만족이 늘 그를 갉아먹었고, 그는 단식 기간이 끝난 뒤에도 — 이 점을 증빙하는 증명서가 그에게 발급되어야만 한다 — 결코 단 한 차례도 자발적으로 우리를 떠나지 않았다. 공연 매니저는 단식일을 최대 40일로 못 박아 두었는데, 세계 어느 대도시에서도 단식을 절대 이보다 더 길게는 못하게 했다. 물론 그럴 만한 충분한 이유가 있어서였다. 경험상 대략 40일 동안은 점차 홍보가 늘면서 한 도시에서 점점 더 많은 관심을 불러일으킬 수 있어도 그 기간 이후로는 관중도 마음대로 되지 않고 인기도 현격히 줄어드는 것을 확인할 수 있었다. 물론 이 점에서 도시와 시골 간에 약간의 차이는 있었지만, 규정

상 40일이 최장기간이었다. 그리고 40일이 되는 날에 꽃으로 장식한 우리의 문이 열렸다. 흥분한 관중이 원형 관람석을 가득 메우고 군악대가 연주하는 가운데 의사 두 명이 단식예술가에게 필요한 측정을 하기 위해 우리 안으로 들어갔고, 확성기를 통해 공식적으로 측정 결과가 홀에 공표되었다. 마지막으로 젊은 숙녀 두 명이 다른 사람이 아닌 바로 자신들이 뽑혔다는 사실에 행복해하며, 우리에 있던 단식예술가를 세심하게 선정한 환자식이 차려진 작은 탁자가 놓인 두세 계단 아래로 데리고 나왔다. 그러면 이 순간 단식예술가는 늘 저항했다. 돕기 위해서 그를 향해 몸을 숙인 숙녀들의 손 위에 뼈가 앙상한 자신의 팔을 자발적으로 얹기는 했지만 일어서려고 하지는 않았다. 어째서 하필 40일이나 지난 지금 단식을 중단해야 한단 말인가? 무기한으로 얼마든지 더 오래 견딜 수 있을 텐데 말이다. 어째서 그가 가장 최상의 단식 상태에 있는, 아니 아직 단 한 번도 최상의 단식 상태에 도달하지 못한 지금 그만두어야 한단 말인가? 이미 가장 위대한 단식예술가일지도 모르는데, 어째서 사람들은 그에게서 더 오래 단식하여 모든 시대를 통틀어 가장 위대한 단식예술가가 되는 영광뿐만 아니라 단식 능력의 한계조차 느끼지 못해 믿기 어려울 정도로까지 자기 자신을 뛰어넘는 영광마저 앗아 가려는 것인가? 그에게 엄청난 갈채를 보내던 관중은 어째서 그렇게나 참을성이 없는 것일까? 단식이 계속 이어져도 견딜 수 있다는데 어째서 그들은 그것을 참지 못하는 것일까? 피곤하기도 했고 짚 위에 잘 앉아 있었는데, 이제 그는 오랜 시간을 들여서 몸을 높이 일으켜 세워 음식을 향해 가야만 했다. 음식은 상상만 해도 벌써 구역질이 났지만, 오직 숙녀들을 배려해 간신히 참아 그러한 표시가 나지 않도록 했다. 그러고는 겉으로는 친절해 보여도 실제로는 잔인한 숙녀들의 눈을 올려다보며 허약한 목에 아주 무겁게 얹혀 있는 머리를 저어 댔다. 하지만 다음 순간 늘 벌어지는 일이 일어났다. 공연 매니저가 와서 말없이 — 음악 소리 때문에 말하는 것은 불가능했다 — 단식예술가 위로 팔을 들어 올렸다. 마치 이곳 짚 더미 위에 있는 하늘의 작품인 이 가엾은 순교자, 물론 몹시 다른 의미에서 가엾은 순교자인 단식예술가를 한번 굽어살피도록 하늘에 청하려는 듯이 말이다. 그러고는 이곳에서 부서지기 쉬운 물건 같은 자를 다루고 있다는 것을 믿게 하려는 듯이 몹시 조심스럽게 단식예술가의 가느다란 허리를 붙잡아서 —그 와중에 공연 매니저가 단식예술가를 몰래 살짝 흔드는 바람에 그의 다리와 상체가 통제되지 않고 이리저리 흔들렸다 —그 사이 시체처럼 창백해진 숙녀들에게 그를 넘겨주었다. 단식예술가는 이제 모든 것을 참아 냈다. 마치 굴러가다가 불가사의하게 그곳에서 지지대를 발견하기라도 한 듯이 그의 머리는 가슴 위로 뚝 떨어져 있었다. 몸은 축나 있었고, 두 다리는 자기보존 본능으로 무릎을 맞대고 꼭 붙이고 있는데도 마치 그것이 진짜 바닥이 아니라서 진짜 바닥을 찾아내야 한다는 듯이 바닥을 쓰적거렸다. 그리고 엄청 가벼운 그의 몸무게를 숙녀들 중 한 명에게 온전히 실었다. 그녀는 숨을 헐떡이며 도움을 청하다가 —그녀는 이 명예직이 이런 것이라고는 상상도 하지 못했다 — 최소한 얼굴만이라도 단식예술가와 닿지 않으려고 일단 목을 최대한 쭉 뺐다. 그러나 성공하지 못했다. 심지어 한층 운 좋은 그녀의 동료가 도와주지는 않고 덜덜 떨면서 한 다발의 작은 뼈 묶음과도 같은 단식예술가의 손을 자신 앞에 받쳐 들고 가는 것으로 만족하자, 그녀는 열광적인 웃음소리가 홀

안에 울려 퍼지는 가운데 그만 울음을 터뜨렸고 벌써부터 대기하던 다른 보조원으로 교체되어야 했다. 그리고 음식이 나왔고, 단식예술가의 상태로부터 주의를 돌리기 위해 공연 매니저가 우스갯소리를 해 가며 기절한 듯 비몽사몽 정신이 없는 상태에 있는 단식예술가의 입 안에 음식을 조금 흘려 넣어 주었다. 다음 순간 소위 단식예술가가 공연 매니저에게 속삭였다고 하는 관중을 위한 건배사가 울려 퍼졌고, 오케스트라는 큰 팡파르로 이 모든 것에 강렬하게 힘을 실어 줬다. 사람들은 뿔뿔이 흩어져 떠났고, 구경거리가 불만족스럽다고 여길 권리를 가진 자는 아무도 없었다. 오직 단식예술가만이, 항상 그만이 만족하지 못했다.

수년간 그는 그렇게 정기적으로 중간에 짧은 휴식을 취하면서 겉으로는 화려하게 세상 사람들의 존경을 받는 영광을 누리며 살아왔다. 그런데도 그는 대부분 울적했고, 그의 기분을 진지하게 받아 줄 자가 없어서 점점 더 울적해져만 갔다. 그를 또 무엇으로 위로해야 했을까? 그는 무엇을 더 바란 것이었을까? 한번은 어느 마음 좋은 사람이 단식예술가를 가엾게 여겨서 슬픈 이유가 단식 때문일 것이라고 그에게 설명하려 들자, 한창 단식 중이던 그가 분노를 터뜨리며 짐승처럼 우리를 흔들기 시작해서 모두를 놀라게 했다. 하지만 공연 매니저에게는 그런 상황에 대처할 때 즐겨 쓰는 징계 수단이 있었다. 그는 그곳에 모인 관중 앞에서 단식예술가의 행동에 대해 사과하고, 배부른 자들에게는 쉽사리 이해되지 않는 오직 단식으로 야기된 예민함이 원인이니 단식예술가의 행동은 용서받을 만하다고 인정했다. 그러고 나서는 역시 그것과 연관 지어 실제 단식 기간보다 훨씬 더 오래 단식할 수 있다고 하는 단식예술가의 주장을 설명하며

단식예술가

이러한 주장에 반드시 포함되는 고귀한 노력, 선량한 의지, 위대한 자기 부정을 칭송했다. 하지만 다음 순간 함께 판매되는 사진들을 내놓았다. 그 주장을 너무도 명백하게 거스르는 사진 속에서는 단식 40일째 되는 날에 쇠약해져 거의 죽어 가듯 침대에 누워 있는 단식예술가를 볼 수 있었다. 익히 잘 알고 있어도 늘 새롭게 단식예술가의 신경을 건드리는 이러한 진실 왜곡은 그가 감당하기에는 너무 컸다. 단식을 앞당겨 중단해서 생긴 결과를 이 사진들은 단식 중단의 원인인 것처럼 보여 주고 있었다! 이러한 몰상식, 이렇듯 무지한 세계에 대항해 싸우는 것은 불가능했다. 그래도 단식예술가는 재차 계속해서 여전히 선량한 믿음을 갖고서 창살에 딱 붙어 공연 매니저의 말에 열심히 귀 기울였다. 그러나 사진이 등장하면 그는 그때마다 창살에서 떨어져 나와 한숨을 내쉬며 짚 더미 위에 주저앉았다. 그러면 안심한 관람객들이 다시 다가가 그를 구경할 수 있었다.

　그 장면을 목격한 사람들이 몇 년 뒤 그 일을 회상할 때는 그 상황 자체가 잘 이해되지 않았다. 왜냐하면 그새 앞서 언급한 저 급격한 변화가 있었기 때문이다. 거의 급작스레 그 일이 일어났다. 더 심오한 이유가 있었을지도 모르지만, 그 이유를 찾는 것이 누구에겐들 뭐가 그리 중요했겠는가. 좌우간 인기를 누리는 데 익숙하던 단식예술가는 어느 날 즐거움을 찾는 무리가 자신을 버리고 오히려 다른 구경거리로 몰려가는 것을 보았다. 공연 매니저는 여전히 과거의 흥밋거리를 찾는 자들이 있지 않을까 하여 한 번 더 그와 함께 유럽의 절반을 돌아다녔다. 모두 헛수고였다. 비밀리에 합의라도 한 듯이 어디를 가든 정말로 단식공연에 대한 혐오감이 생겨나 있었다. 물론 실제로 이런 일은 갑작스럽게 닥칠 수는 없는 법이다. 지금에서야 뒤

늦게 그 당시 성공에 취해 충분히 유념하지도 않았고 충분히 통제하지도 못했던 징후들을 기억해 냈지만, 그것에 맞서 무엇인가를 하기에는 이제 너무 늦었다. 언젠가 단식이 또다시 호황을 누리는 시기가 돌아올 테지만, 살아가는 자들에게 그것은 위안이 되지 못했다. 이제 단식예술가는 무엇을 해야만 하나? 수천 명에 에워싸여 환호받던 자가 작은 대목 장터의 가설무대에 설 수는 없었다. 다른 직업을 찾기에 단식예술가는 너무 나이가 들었고 무엇보다 단식에 너무 광적으로 빠져 있었다. 그렇게 그는 자신의 이력에서 더할 나위 없는 동지였던 공연 매니저와 결별했고 대형 서커스단에 고용되었다. 예민한 감정을 다치고 싶지 않아서 그는 계약 조건을 전혀 보지 않았다.

늘 끊임없이 서로 조정되고 보완되는 수많은 사람과 동물, 장비를 갖춘 대형 서커스단에서는 언제든지 누구라도 필요할 수 있다. 심지어 단식예술가까지도. 물론 지나치게 높지 않은 적당한 보수를 요구한다면 말이다. 그뿐만 아니라 이런 특별한 경우에는 단식예술가 자신만이 아니라 그의 과거 유명세까지 고용되는 것이었다. 나이가 든다고 기량이 주는 것이 아닌 단식의 특성을 고려해 보면, 능력의 정점을 지나 퇴물이 된 예술가가 편안한 서커스단 자리로 피신하려 했다고 말할 수도 없었다. 이와 반대로 단식예술가는 예전처럼 단식할 수 있다고 확언했고, 이 말은 전적으로 믿을 만했다. 심지어 그는 자신의 의지대로 하게 내버려 둔다면 이제야 비로소 온 세상을 제대로 놀라게 할 수 있을 것이라고 주장했고, 즉석에서 그렇게 해 주겠다는 약속을 받았다. 물론 단식예술가가 흥분한 탓에 쉽게 잊고 있던 시대적 분위기를 고려하면, 이러한 주장은 전문가들이 들으면 그저 웃을 일이었다.

　하지만 사실 단식예술가 또한 현실 상황을 보는 감을 잃어버린 것은 아니어서, 그는 자신이 들어가 있는 우리를 하이라이트로 원형 서커스 공연장의 정중앙에 배치하지 않고 야외 동물 우리 부근의 비교적 꽤 접근하기 좋은 장소로 보내는 것을 당연하게 받아들였다. 우리를 빙 둘러싼 알록달록하게 칠한 큼직한 문구가 그곳에서 무엇을 볼 수 있는지 알려 주었다. 관람객들은 공연 휴식 시간에 동물을 구경하기 위해 우리로 몰려들 때 어쩔 수 없이 단식예술가 곁을 지나가며 대부분 잠시 그곳에 멈춰 설 수밖에 없었다. 그들은 우리를 보기 위해 가던 도중에 이처럼 잠시 정체되는 이유를 몰랐는데, 그 상태에서 좁은 통로로 몰려드는 사람들이 더 오래 차분히 바라보는 것을 방해하지만 않았어도, 어쩌면 그들은 더 오래 그의 곁에 머물렀을지도 모른다. 이것이 단식예술가가 자기 인생의 목적인 이 방문 시간을 당연히 고대하면서도 또한 그 시간이 다가오면 재차 떠는 이유였다. 초반에 그는 공연 휴식 시간을 기다리기가 힘들 지경이었다. 밀려드는 관람객의 무리를 넋을 잃고 바라보기 일쑤였는데, 이내 그는 그들이 대부분 늘 예외 없이 순전히 동물 우리를 방문하는 자들이라는 사실에 설득당했다. 가장 고집스럽고 거의 고의적인 자기착각조차도 이 경험에 저항할 수는 없었다. 이러한 광경은 여전히 멀리서 바라볼 때가 가장 아름다웠다. 그에게 가까이 다가오자마자 곧바로 끊임없이 새로 무리를 이루는 자들의 비명과 욕설이 그를 에워쌌기 때문이다. 그들 중 한 무리는 무엇인가를 이해해서가 아니라 변덕과 반항심 때문에 그를 편안하게 보겠다고 하는 바람에 곧 단식예술가에게 한층 더 곤혹스러운 자들이 되었다. 두 번째 무리는 가장 먼저 동물 우리 쪽으로 가기만을 바랐다. 엄청난 무리가 지나간 뒤에는 뒤처진 자들이 왔다. 그럴 의향만 있었다면 방해받지 않고 서서 구경할 수 있었지만, 그들은 시간 내에 동물 우리에 당도하기 위해 큰 보폭으로 거의 옆은 쳐다보지도 않고 단식예술가 곁을 지나갔다. 아주 드물기는 해도 아이들과 함께 온 아버지가 손가락으로 단식예술가를 가리키며 무슨 일이 일어나고 있는지 자세히 설명하고 자신이 예전에 갔던 비슷하지만 비교할 수 없을 정도로 규모가 컸던 공연에 관해 얘기하는 행운이 찾아오기도 했다. 그러면 아이들은 아직 학교에서 충분히 배우지 못했고 삶의 경험 또한 부족해서 여전히 늘 아무것도 이해하지 못했지만 —그들에게 단식이란 무엇이었을까? —그들의 탐색하는 듯한 반짝이는 눈빛 속에는 다가오는 한층 호의적인 새 시대의 그 무엇인가가 엿보였다. 때때로 단식예술가는 자신의 자리가 우리 가까이에 있지 않으면 모든 것이 조금은 나아질지도 모른다고 혼자 생각했다. 그러나 바로 그 때문에 사람들이 큰 고민 없이 그 장소를 선택했던 것이다. 동물 우리에서 나는 냄새, 한밤중 동물들의 소란, 육식동물들을 위한 날고깃덩어리의 운반, 먹이를 줄 때의 포효 소리가 그의 기분을 상하게 하고 그를 끊임없이 괴롭힌 것은 더 말할 필요조차 없었다. 하지만 그는 간부들에게 항의할 엄두조차 내지 않았다. 어쨌든 수많은 방문객이 오는 것은 동물들 덕분이었고, 가끔 그중에는 특별히 그를 보러 오는 자도 있었다. 단식예술가가 자신의 존재를 상기시키려다가 엄밀히 말해서 그가 우리로 가는 길에 방해가 될 뿐이라는 점까지 떠올리게 한다면 그가 어디로 처박히게 될지 그 누가 알겠는가.

물론 그는 별것 아닌 방해물, 점점 더 존재가 미미해지는 방해물이었다. 요즘 시대에 단식예술가에 대한 관심을 요구하려는 것 자체가 기이한 일로, 사람들은 그렇게 생각하는 데 익숙해져 버렸고 이러한 익숙함은 그에 대한 평가를 말해 주었다. 그는 할 수 있는 데까지 열심히 단식하기를 원했고 또 그렇게 단식했지만 더 이상 그 무엇도 그를 구제할 수 없었고 사람들은 그의 곁을 지나쳐 갔다. 누군가에게 단식예술을 설명하는 시도를 해 보라! 그것을 느끼지 못하는 자에게 단식예술을 이해시킬 수는 없다. 멋진 문구들은 더러워지고 읽을 수 없게 되어 떼어졌고, 그것을 교체할 생각을 하는 사람은 아무도 없었다. 이미 수행한 단식일수를 적는 숫자판도 초반에는 세심하게 매일 새로 바뀌었지만, 이미 오래전부터 늘 같은 것이 그대로 붙어 있었다. 초반의 몇 주가 지난 뒤 담당자 스스로 싫증을 냈기 때문이다. 그리고 그렇게 단식예술가는 옛날 그 언젠가 꿈꾸던 대로 계속해서 단식했고, 크게 애쓰지 않아도 당시 그가 예고했듯이 단식에 성공했다. 하지만 날짜를 세는 사람은 아무도 없었다. 아무도. 심지어 단식예술가 자신도 그가 얼마나 큰 성과를 이루었는지 알지 못했다. 그는 마음이 무거워졌다. 그리고 한번은 당시 어떤 한가한 자가 멈춰 서서 오래된 숫자를 놀려 대면서 사기라고 했는데, 그 말은 이런 의미에서 무관심과 타고난 사악함이 고안해 낼 수 있는 가장 어리석은 거짓말이었다. 왜냐하면 단식예술가는 속이지 않았기 때문이다. 그는 정직하게 일했지만, 세상이 그를 속여 그의 정당한 보수를 가로챘던 것이다.

또다시 많은 날들이 지났고 그 일도 끝이 났다. 한번은 한 감독관에게 단식예술가의 우리가 눈에 띄었고, 그는 아랫사람에게 어째서 충분히 사용할 수 있는 우리를 그 안에 썩은 지푸라기가 있는 채로 이용하지도 않고 그곳에 세워 두었는지 물었다. 한 사람이 숫자판의 도움으로 단식예술가를 기억해 내기 전까지 아무도 그 이유를 몰랐다. 사람들이 막대기로 짚 더미를 헤쳐서 그 안에서 단식예술가를 발견했다. "아직도 단식 중이오?" 감독관이 물었다. "도대체 언제쯤 완전히 중단할 거요?" "다들 저를 용서하세요." 단식예술가가 속삭였다. 창살에 귀를 바싹 갖다 댄 감독관만이 그의 말을 알아들었다. "물론이지." 감독관이 이렇게 말하며 담당자에게 단식예술가의 상태를 넌지시 알리기 위해 이마 위에 손가락을 얹었다. "우리는 자네를 용서하네." "줄곧 저는 당신들이 저의 단식에 대해 경탄하기를 바랐습니다." 단식예술가가 말했다. "물론 우리는 경탄하고 있소." 감독관이 응대하며 말했다. "그런데 경탄하면 안 됩니다." 단식예술가가 말했다. "자, 그럼 경탄하지 않겠소." 감독관이 말했다. "그런데 도대체 왜 우리가 경탄하면 안 되는 거요?" "저는 어차피 단식을 할 수밖에 없기 때문이지요. 달리 어쩔 도리가 없어요." 단식예술가가 말했다. "이거 좀 보게." 감독관이 말했다. "왜 어쩔 도리가 없다는 거요?" "왜냐하면 제가." 단식예술가가 이렇게 말하고는 작은 머리를 살짝 치켜들고 키스를 하듯이 입술을 뾰족 내밀어 놓치는 말이 없도록 감독관의 귀에 바싹 갖다 대며 귓속말을 했다. "왜냐하면 제가 입맛에 맞는 음식을 찾을 수 없었기 때문이죠. 믿어 주세요. 그것을 찾았더라면 이목을 끌지도 않았을 것이고 당신이나 다른 사람들처럼 배불리 먹었을 겁니다." 이것이 그의 마지막 말이었다. 그러나 그의 흐려진 눈에는 더 이상 긍지를 느끼는 확신은 아니어도 여전히 계속 단식하겠다는 굳은 확신이 담겨 있었다.

"자, 이제 정리하게!" 감독관이 말했고, 단식예술가는 짚과 함께 매장되었다. 그리고 우리 속에는 젊은 표범을 집어넣었다. 그토록 오랫동안 황폐했던 우리 속에 이런 야생동물이 어슬렁거리는 모습을 보는 것은 가장 무딘 감각을 가진 자에게조차도 기분전환이 되었다. 표범에게는 부족한 것이 전혀 없었다. 감시인들은 오래 생각하지도 않고 표범의 입맛에 맞는 음식을 갖다주었다. 표범은 자유를 그리워하는 것 같지도 않았다. 거의 터져버릴 정도로 모든 것을 다 갖춘 이 고귀한 몸뚱이는 자유도 함께 데리고 다니는 것 같았다. 이빨 어딘가에 그것이 숨겨져 있는 듯했다. 표범의 목구멍으로부터 생에 대한 기쁨이 관람객들이 견디기 힘들 정도의 강렬한 열기와 함께 뿜어져 나왔다. 그래도 그들은 견뎌 내며 우리 주위에 몰려들었고 그곳을 떠날 줄을 몰랐다.

**해설**

## 무소속성과 혼종적 경계인

목승숙(옮긴이)

  1883년에 태어나 1924년에 사망한 프란츠 카프카는 프라하 출신의 독일어권 유대계 작가다. 카프카는 체코어로 '까마귀'를 의미한다. 생전에 그는 자신의 소망과 다르게 여행이나 휴양, 요양, 말년의 도라 디아만트와의 짧은 베를린 생활 말고는 평생을 프라하에서 보냈다. 그 당시 프라하는 다민족, 다문화, 다언어, 다종교 사회인 오스트리아-헝가리 이중제국(1867~1918)의 제국령이었고, 제국의 황실 직할지였던 보헤미아의 도시였다. 그리고 이후 제1차 세계대전이 끝나고 제국이 해체된 뒤에는 체코슬로바키아공화국의 일부가 되었다. 카프카는 가난한 체코계 유대인 도축업자 집안에서 태어난, 독일어를 사용하는 상인 헤르만 카프카와 부유한 양조장 집안의 딸인 독일계 유대인 율리에 뢰비 사이에서 장남으로 태어났다.

  자수성가하여 잡화상점을 크게 운영하던 카프카의 아버지는 아들과 정반대로 체격이 건장한, 독선적이고 권위적인 출세 지향적 인물이었다. 특히 카프카의 아버지는 서유럽 문화에 동화된 유대인으로서 유대 전통과 신앙을 중시하는 가난한 동유럽 출신의 동부 유대인들을 멸시하기 일쑤였다. 부와 성공을 중시하는 아버지의 뜻에 따라 카프카는 어린 시절부터 독일어를 사용하는 독일계 학교에서 교육받았고 대학에서는 법학을 전공했다. 이런 배경 속에서 형성된 카프카의 독특한 위상, 즉 체코인이 다수를 차지하던 프라하에서 독일어를 사용하는 동화된 서부 유대인이라는 위상은 독일인도 체코인도 그렇다고 정통 유대인도 아닌, 그 어디에도 온전히 속하지 못하는 무소속성과 혼종적 경계인의 문화적 위치를 경험하게 만들었다. 이 점은 카프카의 중요한 자전적 요소이며, 아들의 문학 활동에 대한 이해 부족과 가치관 차이로 갈등을 빚은 아버지에 대한 반감과 더불어 카프카의 작품을 이해하는 데 도움이 되는 열쇳말이다.

직장과 문학 활동을 병행한 카프카는 오전 8시부터 오후 2시까지 보험회사에서 근무하고, 퇴근 후 초저녁까지 잠을 잔 뒤 밤늦게까지 자신이 원하는 글쓰기를 했다. 그의 미사여구 없는 간결하고 정밀하며 무미건조한 문체는 문어체 투의 프라하 독일어의 영향이다. 무엇보다 카프카의 작품이 주는 낯설고 그로테스크한 느낌은 현실과 비현실, 일상적인 것과 비일상적인 것, 블랙유머 같은 진지함과 유머러스함, 비극성과 희극성이 혼재된 묘사 방식에 기인한다. 따라서 카프카의 작품을 수용하는 과정에서 진지함, 고독, 불안 등이 주된 정서로 강조되며 주변부로 밀려나 버린 카프카의 유머도 독서 과정에서 놓치지 말아야 할 묘미라고 하겠다. 카프카가 『소송』 1장을 친구들 앞에서 낭독했을 때 진지한 내용에 담긴 유머로 인해 그 자리에 있던 모두가 몹시 웃어 댔다는 유명한 일화가 있다. 보험공사 사장 앞에서 멈추지 않는 웃음을 터뜨린 일로 회사 내에서 잘 웃는 사람으로 유명해졌다는 카프카의 고백 외에도 그의 웃음과 유머에 대해서는 친구 막스 브로트와 펠릭스 벨취 등이 증언하고 있다. "'카프카적인 것'에서 코믹한 것은 떼려야 뗄 수 없는 것이다"라고 지적한 밀란 쿤데라도, 카프카 탄생 125주년을 기념하여 '이제는 카프카에 대해 웃어도 된다'는 글을 실은 일간지 『디 벨트』도 카프카 작품의 이러한 유머러스한 면을 간과하지 않았다.

여기에 실린 「굴」, 『변신』, 「학술원 보고」에는 동물 형상이 등장하며, 「단식예술가」도 동물과 마찬가지로 관람 대상이 되는 단식예술가에 관한 이야기다. 동물은 카프카의 작품에 반복적으로 등장하는 중요한 메타포로, 그의 동물 형상은 동화나 동물우화와는 다른 탈정형화된 방식으로 그려진다. 반유대주의, 서부 유대인과 동부 유대인 간의 반목, 민족주의, 사회주의가 교차하던 프라하의 사회적 분위기 속에서 카프카는 '사이에 낀' 자신의 문화적 정체성과 온정주의로 인해 타자에 대한 감수성이 예민할 수밖에 없었다. 그 영향으로 동물은 그의 작품에서 자주 타자의 메타포로 기능한다.

그리하여 정확한 설명이나 해석을 담지 않고 비유적 언어를 즐겨 쓴 카프카의 작품은 시공간을 망라하는 보편적 층위, 시대 밀착적 층위, 자전적 층위 등 다양한 시각에 따라 달라지는 다의적 해석을 허용한다. 이처럼 카프카의 동물 또한 경제적, 사회적, 문화적, 인종적 차원과 결부되며 인간 내지는 문명과 거리를 둔 자연적이고 자유로운 존재라는 긍정적 함의에서부터 소외되고 격리된 인간, 쓸모없는 존재로 취급받는 인간, 동물로 비하되는 타 인종, 존재 의미를 인정받지 못하는 예술가에 이르기까지 다양한 비유로 읽히며 해석을 발굴하는 기쁨을 선사해 왔다.

마지막으로 카프카 애호가이자 역자로서, 카프카의 작품을 손에 든 독자들이 오늘날에도 시의성을 잃지 않고 공감대를 형성하는 카프카 문학의 보편성과 현대성을 재발견하고, 진지함 속에서도 섬광처럼 번뜩이는 유머를 놓치지 않기를 바란다. 이것은 카프카의 문학세계를 재구성하는 가운데 카프카 독서 체험의 무게를 새롭게 재는 유의미한 시도이기도 할 것이다.


## 굴


'건축', '건축물'로도 해석되는 카프카의 미완성 단편 「굴」은 1923년 작품으로, 친구의 재능을 아낀 막스 브로트가 원고를 모두 불태워 달라는 카프카의 유언을 따르지 않고 세상에 발표했다. 제목은 그가 임의로 붙였다. 1915년 11월 카프카가 관람했던 프라하 북쪽 카이저 섬Kaiserinsel에 있는 폐소공포증을 유발할 만큼 좁은 참호에서 받은 인상이 작품의 출발점이 되었을 것으로 추측되기도 한다.

작품에서 굴은 보호처이자 위험한 장소라는 이중의 의미를 갖는 공간으로 묘사된다. 「굴」의 일인칭 화자인 '나'는 땅속 깊이 굴을 파서 사는 동물이다. 외양에 대한 상세 묘사가 없어서 이 동물을 정확히 특정할 수는 없지만 땅을 파는 발톱, 물고 뜯고 찢는 이빨, 망치 대용이 되는 이마 등의 특성을 종합하여 오소리와 유사한 동물을 떠올려 볼 수 있다. 끝없는 독백과도 같은 이 이야기의 화자이자

주인공인 동물 나는 굴을 설계하고 파는 실력이 꽤 괜찮은 건축가이다. 또 아주 작은 소리도 들을 정도로 귀가 밝고 끊임없이 머리를 굴리며 자기성찰과 탐구를 이어 가는 존재다. 반면 나는 겁이 많으며 쉽게 불안을 느끼기도 한다. 은신처 역할을 하는 굴은 설계가 완벽하지 못해서 태생적으로 적의 침입에 취약한 결함을 가졌고, 나는 때로 이끼로 덮어 위장한 출입구를 통해 굴 밖으로 나가 입구를 지켜보며 그곳으로 다가가는 외부의 적을 알아내려고 한다. 작품 중반부에 이르러 예감에 그치던 잠재적 위험은 실제 두려움으로 돌변한다. "굴을 팠다. 성공적인 것 같다"며 자신이 판 굴에 만족하며 자부심을 느끼던 나는 아이러니하게도 갑자기 쉬쉬 소리를 감지하며 순식간에 정반대의 감정에 빠져든다. 쾌감과 행복을 선사하던 굴 안의 고요가 방해받으며 일인칭 화자는 굴속에서 안전하다고 느끼지 못하고, 속임수용 출입구와 미로까지 만들어 넣어 안전한 굴을 완성했다고 여겼던 믿음마저 흔들린다. 출처를 알 수 없는 소리와 존재 여부조차 확신할 수 없는 외부 위협으로 인해 나는 극도로 예민해지고, 애를 써 가며 여러 해에 걸쳐 완성한 굴에 보내던 신뢰와 찬사는 확인이 불가한 적이 쳐들어오기 위해 뚫었을지도 모를 구멍에 대한 편집증적 불안으로 변모한다. 심지어 성곽광장과 입구에 대한 인식마저 뒤바뀌어, 이제껏 평화롭다고 느꼈던 굴 안 성곽광장이 위험에 노출될 가능성이 제기되자 나는 실제로 위험이 도사리는 입구의 이끼 아래에서 평화를 찾는다. 나는 그 소리를 자신의 영역으로 침입해 온 어떤 힘센 외부의 적 또는 작은 동물들이 만드는 소리로 여긴다. 이제 카프카의 동물은 외부의 침입과 공격에 대한 막연한 불안에 사로잡혀 잠도 설치고, 조그만 소리에도 화들짝 놀라며 소리의 진원지를 찾아 굴 여기저기를 마구잡이로 파고 훼손하는 희극적 상황을 연출한다. 자기 통제력을 상실할수록 나의 불안은 점점 커지고, 나는 굴을 이전보다 더 철저히 탐사한다. 안전을 위한 전략 차원에서 식량을 여러 장소에 분산해 두거나 이리저리 옮기던 나는 이제 미지의 적이 있는 장소를 알아내기 위해 굴을 따라가며 벽에 귀를 기울인다. 한편 세상과 단절되어 자신의 동굴에 은둔하며 고립된 생활을 하는 나는 보이지 않는 적을 두려워하면서도 다른 한편으로는 적과의 소통을 꿈꾸기도 한다. 나의 상상 속에서 소리의 원인에 대한 가설이 수없이 제시되고 반박되고 수정되는 가운데 위협을 제거하려는 나의 시도는 헛수고에 그치고, 아무런 확인된 바나 해결도 없이 작품은 미완성으로 끝나 버린다.

이 작품에서는 나를 두렵게 하는 것이 실존하는 적인지 아니면 상상이 만들어 낸 허구적 존재인지에 대한 답을 발견할 수 없다. 어둠 속에서 소리를 유발하는 원인을 알 수 없다는 데에서 기인하는 나의 두려움이 웃음을 자아내는 무수한 억측만을 낳을 뿐이다. 굴을 위협하는 적을 찾겠다는 동물이 스스로 굴을 망가뜨리고 소음을 만드는 장본인이 된다는 역설적 상황도 한 편의 소극처럼 어처구니없는 웃음을 안겨준다. 자신이 가장 좋아하는 장소, 자신만의 공간인 성곽광장에서 놀이를 하고 좋아하는 먹이를 먹으며 즐거워하고 만족해하는 카프카의 '귀여운' 동물, 그러나 조그만 소음에도 금세 놀라고 안절부절하고 불안해 하면서 촌극을 벌이고 가끔은 적과의 소통도 상상해 보는 카프카의 나약한 동물은 현실과 차단된 자신만의 영역을 원하고 즐기면서도 고독감에 타인과의 교류를 갈망하는 현대인, 외로워하면서도 사적 영역이 타인에 의해 침범당할까 불안해 하는 도시인의 모습과 닮았다. 또 굴속 미로는 불안과 방향 상실을 겪는 인간 내면의 심리 상태를 투영하는 동시에 결론에 도달하지 못하고 매번 새로운 판단과 인식을 되풀이하는 인간의 혼란스러운 모습을 보편적으로 가시화한다고 볼 수도 있다. 이 밖에도 미로 같은 통로들은 카프카가 이리저리 거닐던 프라하 구시가지의 산책로도 연상시킨다. 카프카가 처음 원고를 작성할 때 '굴' 대신에 사용했던 단어가 '고향'이었듯이, 이 작품을 소속감과 정체성에 관한 이야기로도 읽을 수 있다. 노년의 동물 건축가의 소회와도 같은 이 작품에서 외부와 차단된 자신만의 공간에서 주변의 소음과 씨름하고 방해받으며 건축물과도 같은 작품을 쓰던 말년의 작가 카프카를 떠올리는 것도 무리는 아닐 것이다.

## 변신

『변신』은 1912년 12월 6일에서 7일 사이에 완성되었고, 1915년에 『백지Die weißen Blätter』 10월호를 통해 발표된 뒤 그해 12월에 쿠르트 볼프 출판사의 '최후의 심판일' 총서로 출간되었다. 당시 카프카는 초판 표지에 들어갈 삽화와 관련하여 "벌레 자체는 그려질 수 없습니다. 그렇다고 멀리서 보여서도 안 됩니다"라는 요청을 출판사에 전하며 벌레로 변한 그레고르의 모습을 독자의 상상에 맡기기를 바랐다. 집필 당시 카프카는 펠리체 바우어와의 관계에 대한 불안, 재정 상황이 나빠진 아버지의 사업, 매제와 함께 운영하던 석면공장에 대한 의무와 글쓰기에 대한 열망 사이에서 느끼는 갈등,

그로 인해 아끼는 막내 여동생 오틀라와 처음 겪게 된 불화 등으로 내적으로 평온하지 않은 시기를 보내고 있었다. 카프카는 평소 자신의 일기와 편지 등에서 가족 내 자신의 존재를 자주 언급하며, 자신을 "내 가족 안에서, 가장 사랑하는 사람들 사이에서 타인보다도 더 낯선" 자, "어두운 겨울밤 널따란 평야 끄트머리의 깊숙이 파헤쳐진 들판에 눈과 서리로 뒤덮인 채 삐딱하게 살짝 꽂힌 쓸모없는 막대기" 등으로 표현하곤 했다.

총 3부로 구성된 『변신』은 돌연 벌어진 사건으로 시작된다. 갑작스러운 도입부는 카프카 작품의 중요한 특징 중 하나다. 가족과 함께 생활하며 생계를 책임지는 영업사원 그레고르 잠자가 잠에서 깨어 흉측한 갑충으로 변한 자신을 발견하는 의외의 설정이지만, 변신했다는 사실 외에 변신의 이유나 과정에 대한 설명은 부재한다. 오히려 "꿈이 아니었다"는 문장이 강조하듯이 갑충으로의 변신은 환상이나 꿈이 아닌 현실에서 일어나고 인과관계로 설명되지 않는 비현실적 요소가 현실과 뒤섞인다. 그리고 독자들은 의식은 인간이지만 몸은 벌레인 그레고르의 시각을 따라가는 가운데 그가 보고 느끼고 생각하고 인지하는 것을 체험하게 되지만, 이와 동시에 제한된 시각으로 인해 갑갑함을 느끼게 된다.

변신 전의 그레고르에게 우선순위는 직장과 가족이었다. 늘 이동해야 하는 직업의 특성상 시계의 알람 소리, 꽉 짜인 일정, 일에 대한 의무, 성과에 대한 강박에 쫓겨 그는 여유 없고 다람쥐 쳇바퀴 도는 듯한 일상을 보냈다. 마음을 나누는 지속적인 인간관계가 불가능하고 지각 한 번에 직무태만으로 의심받아 집으로 지배인이 찾아오는 직장, 그의 희생을 당연시하고 고마움을 느끼지 못하는 식구들. 직장과 가족 내에서 그가 느끼는 삭막함과 초라한 존재감은 벌레로 변한 뒤 지저분한 방에 혼자 고립된 채 소파 아래에 납작 엎드려서 숨어 지내는 그레고르의 모습에서 한층 가시화된다. 그레고르의 몸에 일어난 변화는 급기야 그의 방의 배치뿐 아니라 가족 내 경제 주체의 변화, 가족관계의 변화로까지 이어진다. 재정적으로 그레고르에게 전적으로 의존하던 식구들은 이제 각기 일자리를 찾아 나서고, 예전에 무기력하게 졸기만 하던 아버지는 은행 사환으로 취직하며 가부장적 면모를 회복한다.

친밀감이 중요한 가정은 이제 지배관계를 보여 주는 상징적 공간으로 변모하고, 아들 그레고르를 대하는 아버지의 권위적 태도는 1부에서 3부로 갈수록 점차 그 수위가 높아진다. 아버지는 주먹과 지팡이, 발로 위협하거나 걷어차고 사과를 던져 그에게 상처를 입히고 방으로 쫓아내 가족으로부터 격리한다. 그의 방 청소를 자처하고 음식을 갖다주던 여동생마저 그를 오빠가 아니라 사라져 버려야 할 '저것', '괴물'로 치부하는 가운데 그레고르는 가족 내에서 완전히 낯설고 쓸모없는 존재가 되고 만다. 아버지가 던져서 등에 꽂힌 사과 조각 때문에 생긴 상처가 덧난 데다가 없어져야 한다는 여동생의 말이 그에게 죽음 선고처럼 들리자, 그레고르는 자발적으로 단식을 계속하고 마침내 숨을 거둔다. 가정부는 그의 시체를 물건처럼 처리해 버리고, 식구들은 잠시 그의 죽음을 슬퍼할 뿐 이내 야외로 바람을 쐬러 나가며 새로운 삶에 대한 희망에 부푼다. 그리고 기골이 장대한 가정부와 엄청난 양의 고기를 이빨로 뜯어 대는 하숙인들이 식욕을 잃고 점점 야위어 가는 그레고르와 대조되듯이, 여동생의 쭉 뻗은 몸에서 느껴지는 왕성한 생명력이 그레고르의 죽음을 대체

한다.

　카프카는 1912년 12월 7일 아침에 『변신』을 탈고한 후 펠리체 바우어에게 보내는 편지에서 주인공이 "충분히 평화로이 모든 것과 화해하며 눈을 감았다"라며 그레고르의 마지막을 모든 것과 화해한 순간으로 묘사했다. 『변신』과 연관 지어 자주 언급되는 카프카의 미완성 초기작 「시골의 결혼 준비」에서는 도시에서 힘든 직장생활을 하는 라반이 신부가 있는 시골로 가기 위해 기차역으로 이동하는 길에 결혼이 가져다줄 의무에서 벗어나고 싶어서 예복을 입은 몸만 결혼식장으로 보내고 자신은 자발적으로 벌레로 변해 침대에 머무르는 상상을 한다.

　일벌레와 같던 그레고르가 변신 후 '밥벌레'가 되고도 신세 한탄을 하지 않는 모습, 오히려 행복감과 기분 전환을 느끼며 유희하듯 벽과 천장을 이리저리 기어 다니거나 천장에 매달리는 놀이를 하면서 즐거워하는 모습에서 독자들은 비극적인 것 속에 숨은 희극적 요소, 카프카의 유머와 맞닥뜨리게 된다. 카프카의 유머를 이해하기 위해서는 무엇보다 유대 유머에 대한 이해가 필요하다. 유대 유머는 핍박받는 역사를 가진 유대 민족이 심리적 고난을 인내하기 위해 사용한 유머로, 진지하면서도 슬프고 허무하면서도 아이러니컬한 가운데 한 가닥 희망이 숨어 있는 웃음이다. 프라하 출신의 마르셀라 살리바로바 비도가 즐거운 연출로 무대에 올린 연극 〈변신〉이 한 예가 될 수 있듯이, 그레고르의 진지하고 암울한 상황 속에 깃든 유머는 억압받는 상황을 희극화하여 무거움을 덜어 내는 유대 유머로부터 카프카가 습득한 치유 방식이다.

　이제 수동적 변신에서 능동적 변신이라는 시각으로 옮겨 가 작품을 바라보면, 벌레로의 변신은 돈이 중시되는 물질만능주의적 세계를 거부하고 직업이나 가족과 결부된 의무를 벗어던지고 싶은 그레고르의 소망의 발로가 된다. 카프카가 벌레로 변한 그레고르의 모습을 독자의 상상에 맡기며 자유로운 해석의 여지를 열어 주었듯이, 결말과 관련해서도 그레고르의 죽음을 가족과 주변 사람들에게 쓸모 없는 존재가 되어버린 한 현대사회의 소외된 기능인의 비극적 결말로 이해하거나, 또는 절반은 자발적으로 선택한 죽음이라는 의미에서 가족에 대한 의무와 기계적 삶을 살던 일상으로부터 해방되어 내면적 자유를 획득하는 순간으로 보는 등 상반된 해석들이 공존한다.

　　작품 생성과 관련해서는,『변신』집필 1년 전인 1911년 11월에 카프카의 아버지가 카프카의 지인인 동부 유대인 연극배우 이착 뢰비를 벌레에 비유하며 "개와 잠을 자는 사람은 빈대와 함께 일어나는 법이다"라며 폄훼한 일화가 잘 알려져 있다. 당시 유대인들은 곧잘 빈대, 원숭이 등으로 불렸고, 이러한 콘텍스트를 고려하면 카프카의 벌레를 유대인 또는 동부 유대인, 즉 유럽 사회의 이방인, 타자의 비유로 읽어볼 수 있다. 이외에도 작품에서 발견되는 과장된 제스처와 표정 묘사는 카프카가 그즈음 즐겨 본 이디시어 유대 연극의 영향이라고도 한다. 그레고르가 여동생의 바이올린 연주를 "미지의 양식"으로 느끼는 대목은 「단식예술가」와도 연결되는 지점으로, 그레고르가 진정 바라는 음식은 음악과 같은 예술로 대변되는 정신적 양식을 의미한다는 것을 짐작해 볼 수 있다. 이것은 작가 카프카에게 문학이 의미하는 바와도 흡사하다.

## 학술원 보고

「학술원 보고」는 1917년에 집필되어 그해 11월에 마르틴 부버Martin Buber가 창간한 월간지 『유대인Der Jude』에 발표되었고, 1919년에 다른 작품들과 함께 단편집 『시골 의사』에 실려 출간되었다. 막스 브로트는 유대 주간지 『자기방어Selbstwehr』에서 이 작품을 "동화된 유대인에 관한 가장 천재적인 풍자"로 평가했고, 그의 부인 엘자 브로트는 이 작품을 프라하의 '유대 여성 및 소녀 클럽'에서 낭독했다. 「학술원 보고」는 동물 메타포가 중요한 역할을 하는 작품으로, 국내에는 연극배우 추송웅의 모노드라마 〈빨간 피터의 고백〉의 원작으로도 알려져 있다. 이 작품은 하겐벡 회사에 의해 생포되어 우리에 갇혀 유럽으로 온 황금해안 출신의 원숭이가 혹독한 훈련을 거쳐 인간원숭이로 거듭난 뒤 학술원 회원들에게 자신의 지난 5년간의 삶에 대해 강연하는 내용을 담고 있다. 강연이라는 독특한 형식에 원숭이 화자의 시점으로 쓰인 이 작품에는 인간 세계와 문명화 과정에 대한 비판과 반어가 담겨 있다.

작품 생성에 영향을 준 소재는 다양하게 추정해 볼 수 있다. 카프카는 김나지움 시절에 자연사 선생님의 영향으로 진화론과 자연과학적 세계관을 접했고, 다윈의 『종의 기원』과 다윈주의와 사회주의를 결부시킨 독일의 생물학자 헤켈의 『세계의 수수께끼』를 읽었다. 또 제1차 세계대전이 일어나기 전 그는 문학 공연 등을 하는 카바레뿐만 아니라 버라이어티쇼 극장을 방문하곤 했다. 카프카의 일기에 따르면, 1909년 11월경 그는 테아트르 바리에테Théâtre Variété에서 일본인 줄타기 공연을 관람했는데, 같은 장소에서 1908년 9월과 1909년 4월에는 당시 유럽에서 선풍적 인기를 끈 훈련받은 유명한 침팬지 '영사 페터Konsul Peter'의 공연이 열렸다. 작품에 등장하는 원숭이의 이름이 '페터'라는 점, 버라이어티쇼 분위기를 묘사한 대목은 카프카가 해당 공연을 직간접적으로 알았을 가능성을 시사한다. 이외에도 1912년에는 융보른에서 휴양을 한 뒤 프라하로 돌아가는 길에 드레스덴의 동물원을 방문하기도 했다. 그런가 하면 세기전환기 유럽에는 신제국주의, 식민주의와 결부된 인종 전시회가 성행했다. 인종 전시회는 동물원이나 서커스 전시장, 박람회장, 극장 등에 이국 풍물을 무대 세트처럼 설치하고 아프리카인을 비롯한 소수인종의 일상과 문화를 정형화된 방식으로 연출해 보여 주는 전시회였다. 당시 인종 전시회를 기획하여 기업화하고 유럽 대중문화로 정착시킨 사람은 「학술원 보고」에도 등장하는 독일 함부르크의 동물 상인이자 동물원 및 서커스 소유주였던 카를 하겐벡Carl Hagenbeck(1844~1913)이다.

빨간 페터의 강연 내용은 학술원의 요청과 다르게 과거 원숭이 시절이 아니라 정작 인간 사회의 일원인 인간원숭이가 되기까지 "달력상으로는 짧은 기간일지 모르지만" "정신없이 달려가려면 한없이 긴 시간"이었던 적응 과정을 담고 있다. 보고에 따르면 빨간 페터는 하겐벡 회사 사냥 원정대의 두 발의 총격을 받고 황금해안에서 생포되어 유럽으로 오게 되었다. 우리에 갇힌 생포된 원숭이가 관찰과 숙고 끝에 그 상황에서 살아남는 유일한 출구로 발견한 생존 전략은 자유로운 원숭이로 살던 과거를 버리고 인간 사회에 동화되는 것이었다. 따라서 유럽 문명 세계로의 진입과 적응은 자율적 선택이 아니라 주어진 상황을 고려한 전략적 제휴와 현실적 타협의 결과물로, 원숭이로서의 정체성 지우기를 전제한다. 원숭이 빨간 페터는 인간의 말과 행동을 모방하고 학습하는 힘겨운 과정을 거쳐 마침내 인간원숭이로 거듭나고 인간 사회에 성공적으로 안착한다.

「학술원 보고」는 먼저 동물을 열등하게 취급하는 인간중심주의에 대한 비판과 동물권이라는 관점에서 읽어 볼 수 있다. 이 작품에서는 통상적 관람 형태와는 반대로 원숭이가 인간을 관찰하는 전도된 시각이 특징적이다. 타자의 시선으로 보는 인간, 유럽인은 진정한 의미의 '평균 교양'을 갖춘 문명인의 모습과 괴리를 보이고, 원숭이가 적극적으로 모방하며 흉내 내는 인간의 행동에는 말하기, 악수하기 외에도 진보나 발전과는 거리가 먼 역겨운 독주 마시기나 침 뱉기도 있다. 빨간 페터의 털에 가끔 담뱃불을 붙인 뒤 다시 끄는 야만적 행동을 하는 인간 스승도 자신과 마찬가지로 '원숭이 본성'에 대항해 싸우는 존재일 뿐이다. 이 점에서 "작은 침팬지에서 거대한 아킬레우스에 이르기까지 여기 땅 위를 두 발로 걸어 다니는 모든 생명체"에 원숭이 성질이 잠재되어 있다는 빨간 페터의 지적은 인간을 동물보다 진일보한 문명화된 존재로 간주하는 인간중심주의적 사고에 대한 따끔한 일침이다. 그뿐만 아니라 빨간 페터가 간파한 공중그네를 타는 곡예사의 자유로워 보여도 실상은 자기 통제의 결과에 다름 아닌 동작이 말해 주듯이, 인간이 말하는 자유는 자기 기만적 언어에 불과하다. 그리하여 인간이 최고의 가치로 평가하는 문명사회의 진보낙관주의나 소위 문화적 교양의 완성은 원숭이에게 폭소를 자아내는 조롱거리가 될 뿐이다.

집필 당시 유럽의 반유대주의적 분위기와 결부시켜 보면, 인간과 원숭이가 같은 조상에서 유래한다고 보는 진화론적 사고의 틀을 빌린 이 이야기가 인간원숭이의 입을 통해 교양 개념과 다윈의 진화론을 인간 사회에 적용한 사회진화론을 에둘러 비판하고 있다는 것을 발견할 수 있다. 인간처럼 말하고 행동하는 빨간 페터의 고향인 황금해안은 오늘날의 가나에 실제로 존재하는 장소다. 그리고 카프카 시절에 오스트리아-헝가리 이중제국에서 유대인은 인종적으로 아프리카인과 같은 등급으로 분류되고 아프리카인과 마찬가지로 '원숭이'로 불렸으며, 카프카도 약혼녀 펠리체 바우어에게 보내는 편지에서 자신을 원숭이로 칭하곤 했다. 따라서 문화사적 관점에서는 당시 유럽의 동물원 등에서 열린 인종 전시회에 전시되던 아프리카인, 그리고 카프카 자신과 마찬가지로 유럽 사회에서 열등한 인종으로 치부되던 유대인이 카프카의 인간원숭이에 중첩되어 투영되어 있다고 볼 수 있다. 이러한 설정은 진화와 진보를 내세우며 미개인과 문명인, 열등한 인종과 우월한 인종을 구분하며 인종적 위계를 세우고 인종차별주의를 정당화한 사회진화론자들의 주장에 대한 반박을 보여 주는 문학적 반응이다.

한편 객관적 보고라는 점을 반복적으로 강조하는 빨간 페터의 반어적 화법에는 문명인을 가장한 인간의 모순을 폭로하는 통렬한 비꼬기가 숨어 있다. 생포 당시 인간의 '무도한 총격'으로 아랫도리에 얻은 상처, 그 상처를 보여 주기 위해 바지를 벗는 행위를 원숭이 본능이 완전히 억제되지 않은 탓이라고 전하는 언론의 왜곡 보도에 관한 보고는 인간의 폭력성과 위선적 측면을 드러내 보인다. 이 말은 또한 인간 사회의 일원으로 온전히 받아들여지지 못하는 빨간 페터의 현주소를 보여 주기도 하는데, 이와 마찬가지로 원숭이 습성 또한 인간 사회에 적응한 뒤에도 완전히 사라지지 않는다. 빨간 페터가 공연장이나 연회장, 학술단체, 모임에서 돌아와 밤에 함께 지내는 암침팬지가 이에 대한 방증이다. 인간원숭이는 아이러니컬하게도 낮에는 "혼란 상태에 있는 조련된 동물의 광기"를 역겨워하며 암침팬지를 멀리한다. 결국 빨간 페터는 인간 세계와 원숭이 세계 그 어디에도 소속되지 못하는 타자, 중간자적 정체성을 보이는 문화적 잡종이자 혼종적 존재다. 인간들 사이의 동물, 유럽인들 속의 타자인 인간원숭이 빨간 페터의 중간자적 정체성에 유럽 사회에서 이중의 무소속성을 경험한 동화된 유대인 카프카의 특수한 문화적 위치가 묻어난다고도 볼 수 있다.


## 단식예술가


1922년 5월 카프카가 『성』을 집필하던 도중에 이틀에 걸쳐 쓴 「단식예술가」는 같은 해 10월에 잡지 『노이에 룬트샤우Neue Rundschau』에 실렸고, 1924년 디 슈미데Die Schmiede 출판사에서 출간되었다. 카프카가 죽기 전까지 교정을 볼 정도로 애착을 보였던 「단식예술가」의 소재인 단식공연은 그가 살던 19세기 말과 20세기 초에 미국과 유럽의 대도시에서 크게 유행하던 대중오락이다. 당시 단식예술가는 우리나 유리 상자에 갇힌 채 일정 기간 단식하는 퍼포먼스를 벌였고, 이 공연은 사업 수완이 있는 공연 매니저에 의해 대대적으로 선전되며 신문과 잡지의 지면을 장식했다. 단식공연은 주로 일급 버라이어티쇼 무대나 고급 유흥업소에서 이루어졌고, 호기심에 끌린 대중은 비싼 입장료를 내고 먹고 마시며 단식예술가를 관람했다. 그중에는 몸이 말라 가는 과정을 꾸준히 관찰하기 위해 정기권을 예약하는 사람들도 있었다. 그러나 한때 오락산업이 될 정도로 성행한 단식공연은 제1차 세계대전 후에는 상황이 변해 서커스 공연장 같은 장소로 밀려났고, 돈벌이 수단이 되지 못하면서 점차 대중의 시야에서 사라졌다.

「단식예술가」에는 세기전환기 시대상을 일부 반영하듯이 단식예술가의 화려했던 과거와 대중으로부터 외면받는 현재가 대조적으로 조명된다. 먼저 작품은 회상 기법을 통해 단식이 인정받고 성공을 거듭하며 영광을 선사하던 "지금과는 다른 시절"을 보여 준다. 과거 단식예술가는 40일로 정해진 단식 기간이 끝나면 본인의 의사나 능력과는 상관없이 정해진 기획에 따라 억지로 단식을 중단해야 했다. 축제의 장처럼 관중이 원형 관람석을 가득 메우고 군악대의 연주가 울려 퍼지는 가운데 단식예술가가 숙녀들의 부축을 받으며 우리에서 나오면 그에게 음식을 먹여 주는 보여주기식 행위와 건배사가 뒤따르며 단식공연은 마무리된다. 공연 매니저는 마음껏 계속 단식할 수 없는 상황이 불만스러워서 우울해 하는 단식예술가를 단식 때문에 허약해진 탓이라고 거짓 포장하기 일쑤다. 그가 무한정 단식할 수 있다는 것을 믿는 자는 아무도 없으며, 모두가 진실을 외면한다. 대부분 육식을 하는 푸주한인 상주 감시인들은 그가 몰래 무엇인가를 먹는다고 지레짐작하며 때로는 웃기게도 그에게 다과를 허용한다며 의도적으로 멀리 떨어진 구석에 앉아 카드놀이를 한다.

이 모든 상황에도 단식예술가는 이 코미디 같은 '쇼'에 동참한다. 단식이 세상에서 가장 쉬워 예술가의 명예를 걸고 그 무엇도 결코 먹을 생각이 없는 그는 어처구니없게도 아무것도 먹지 않는다는 사실을 증명해 보이기 위해 믿거나 말거나 계속 열심히 노래를 불러 대고 본인의 돈으로 밤새 감시한 자들을 배불리 먹인다. 종전 후 단식공연이 쇠퇴기를 맞자 대중의 관심사에서 멀어진 단식예술가는 이제 서커스단에 들어간다. 과거와 같은 하이라이트 레퍼토리는 아니어도 자신의 우리가 동물 우리로 가는 길목에 있어서 많은 관람객이 오가며 관람할 것이라는 그의 예상은 이내 실망감으로 변하고, 주목받지 못하고 방치되다가 결국 그는 완전히 잊힌 존재가 되고 만다. 하지만 역설적으로 바로 그 때문에 단식예술가는 마침내 중단 없이 마음껏 단식하며 자신의 예술가적 신념을 제대로 펼치게 된다. 그리고 죽음을 눈앞에 둔 시점에 우연히 그를 발견한 감독관에게 "자신의 입맛에 맞는 음식을 찾을 수 없었기" 때문에 단식할 수밖에 없었다며 실소를 금할 수 없는 고백을 한 뒤 죽음을 맞이한다. 그의 빈 우리로 그와 대비되는 엄청난 식욕과 혈기 왕성한 생명력을 상징하는 젊은 표범이 들어오고, 그 표범 주위로 수많은 관람객들이 몰려드는 장면에서 작품은 마무리된다.

단식은 단식예술가가 가장 잘할 수 있는 진정성 있는 예술 행위이며, 존재의 기본전제이다. 이 점에서 카프카의 이야기 속 단식 행위는 세기전환기에 유행하던 대중오락 예술의 차원을 뛰어넘어 진정한 예술의 차원으로 격상된다. 그는 생계 유지나 대중적 인기를 위한 단식 행위를 거부하며 밥벌이를 위한 직업과 예술 행위를 구분한다. 그러나 그의 예술은 단식을 의심하는 감시인들, 가식적인 친절을 보이는 숙녀들, 예술을 예술로 보지 않고 유행으로 소비하고 마는 어른들, 그의 진정성을 왜곡하며 거짓 선전을 하는 공연 매니저를 망라한 도시 전체와 세계로부터 결코 이해받지 못한다. 반면 어른들이 과거에 그에게서 오락과 재미만을 추구했고 이제는 그에게 무관심하다면, "다가오는 한층 호의적인 새 시대의 그 무엇인가"를 눈빛 속에 담고 있는 아이들만은 통념을 벗어나는 그의 예술가적 존재에 관심을 보인다.

　무엇보다 단식예술가는 죽음을 앞두고도 결코 자기 연민에 빠지지 않는다. 유머러스하면서도 그 속에 진지한 메시지가 담긴 단식예술가의 고백, 입맛에 맞는 음식이 없어서 단식했다는 고백은 이 작품의 희비극성을 도드라지게 보여 준다. 결국 『변신』의 잠자가 여동생 그레테의 바이올린 연주를 '미지의 양식'이라고 부르듯이, 그가 갈구하던 음식은 정신적 차원의 양식이자 자신의 예술가적 행위에 대한 이해와 공감이다. 같은 맥락에서 단식예술가의 죽음은 한편으로는 『변신』에서처럼 그의 우리를 대신 차지하며 활기차게 사지를 쭉 뻗는 표범으로 상징되는 생명력의 승리를 의미하기도 하고, 다른 한편으로는 마음껏 단식한 결과 그의 예술이 진정한 완성의 경지에 도달한 것으로 해석되기도 한다. 또는 자연친화적 생활 방식과 건강을 이유로 채식 위주의 식사를 했고, 말년에 폐결핵과 후두결핵 진단을 받고 단식 아닌 단식을 한 카프카처럼 단식예술가를 "임종 시에 만족스러울 수 있다고 생각하는" 작가의 투영으로 보기도 한다.

## 작가 연보

**1883**    7월 3일 당시 오스트리아-헝가리 이중제국의 도시였던 프라하에서 유대
상인 헤르만 카프카Hermann Kafka(1852~1931)와 뢰비Löwy 가문의 율리
에 카프카Julie Kafka(1856~1934)의 장남으로 태어남. 뒤이어 태어난 두
명의 남동생 게오르크Georg(1885년생. 생후 15개월에 홍역으로 사망)와
하인리히Heinrich(1887년생. 생후 6개월에 중이염으로 사망)는 일찍 사
망. 이후 세 명의 여동생 가브리엘레Gabriele(엘리Elli, 1889~1941), 발레리
Valerie(발리Valli, 1890~1942), 오틸리에Ottilie(오틀라Ottla, 1892~1943)가
태어남.

**1889~1901**    프라하 플라이쉬마르크트Fleischmarkt의 독일 소년초등학교에 입학.
1893년부터 프라하 구시가의 독일계 김나지움에 다님. 1901년 여름에 아
비투어(대학입학자격시험)를 봄.

**1901~1906**    프라하 독일 카를대학교에서 법학 공부. 1904년 『어느 투쟁의 기록
Beschreibung eines Kampfes』집필 시작. 1906년 막스 베버의 동생 알프레트
베버Alfred Weber(1868~1958) 교수의 지도하에 법학박사 학위 취득.

**1907~1909**    실습 기간을 거친 뒤 프라하의 이탈리아계 보험회사인 아씨쿠라치
오니 제네랄리Assicurazioni Generali에 취직. 절친한 친구 막스 브로트Max

Brod에게 「시골의 결혼 준비Hochzeitsvorbereitungen auf dem Lande」를 낭독. 문학잡지 『휘페리온Hyperion』에 『관찰Betrachtung』이라는 제목으로 짧은 산문 작품들을 발표. 1908년 7월 30일에 프라하의 보헤미아 왕국 노동자 상해 및 산재 보험공사(AUVA: Arbeiter-Unfallversicherungs-Anstalt für das Königreich Böhmen)로 이직. 1909년 일기 쓰기 시작. 1909년 9월 막스 브로트, 그의 남동생 오토 브로트Otto Brod와 함께 북부 이탈리아 리바로 여행. 이탈리아 브레시아에서 열린 비행 경연대회 관람 후 「브레시아의 비행기Die Aeroplane in Brescia」 집필.

**1910**  노동자 상해 및 산재 보험공사 승진 축하 자리에서 사장의 모습에 멈추지 않는 웃음을 터뜨려 회사 내에서 전설적 일화가 됨. 10월에 막스 브로트 형제와 파리 여행을 떠남. 건강상의 이유로 일정을 다 채우지 못하고 혼자 프라하로 돌아옴. 첫째 여동생 엘리가 사업가 카를 헤르만Karl Hermann과 결혼.

**1911**  북부 보헤미아 공업지대로 여러 차례 출장. 여름에 막스 브로트와 함께 스위스, 북이탈리아, 파리 여행을 한 뒤 바로 스위스 취리히 근교 에를렌바흐Erlenbach 요양원에 머무름. 10월에 '카페 사보이Café Savoy'에서 유대 극단의 이디시어 공연을 처음 관람. 동부 유대인 연극배우 이착 뢰비Jizchak Löwy와 우정을 쌓음. 아버지의 자금으로 매제 카를 헤르만이 실질적 운영자인 석면공장의 동업자가 됨.

**1912**  미완성 장편 『실종자Der Verschollene』 집필 시작. 막스 브로트와 라이프치히와 바이마르로 여행. 출판업자 쿠르트 볼프Kurt Wolff를 알게 됨. 하르츠 산맥의 융보른Jungborn 자연요법 치료 요양원에 휴양차 머무름. 브로트 집에서 펠리체 바우어Felice Bauer와 첫 만남. 9월에 하룻밤 만에 단편 『선고Das Urteil』 집필을 끝냄. 이후 11월부터 12월까지 『변신Die Verwandlung』 집필. 12월에 에른스트 로볼트 출판사에서 첫 책인 짧은 산문 모음집 『관찰』 출간됨. 펠리체 바우어와 집중적으로 편지를 주고받음.

**1913**  여동생 발리와 요제프 폴락Josef Pollak 결혼. 베를린에 거주하는 펠리체 바

우어 방문. 소설 『실종자』의 첫 장인 『화부Der Heizer』가 쿠르트 볼프 출판사에서 '최후의 심판일' 총서로 출간됨. 대부분 책상 앞에서 지내는 일상의 균형을 찾기 위해 원예 시작. 9월에 '구조와 사고 예방을 위한 국제회의'에 참석하기 위해 빈으로 여행. 뒤이어 혼자 트리에스테, 베네치아, 베로나, 리바로 여행. 폰 하르퉁엔 박사Dr. von Hartungen 요양원에 머무름. '스위스 여성'과 사랑에 빠짐. 펠리체 바우어의 친구 그레테 블로흐Grete Bloch를 알게 됨.

**1914**  펠리체 바우어가 프라하로 옴. 6월 1일에 베를린에서 약혼. 7월 12일에 '아스카니셔 호프Askanischer Hof' 호텔에서 논의, 파혼. 에른스트 바이스Ernst Weiß와 덴마크 발트해로 여행. 가족으로부터 독립해 프라하에서 여동생 발리의 집에서, 뒤이어 엘리의 집에서 지냄. 미완성 장편 『소송Der Proceß』 집필 시작. 집필 중에 단편 『유형지에서In der Strafkolonie』를 씀.

**1915**  펠리체 바우어와 다시 연락. 랑에 가세에 집을 얻음. 4월에 군인으로 복무하는 매제 카를 헤르만을 방문하기 위해 여동생 엘리와 헝가리로 여행. 카를 슈테른하임Carl Sternheim이 폰타네 문학상 상금을 카프카에게 양보. 10월에 『변신』이 잡지 『백지Die weißen Blätter』에 발표된 뒤 12월에 쿠르트 볼프 출판사의 '최후의 심판일' 총서로 출간됨.

**1916**  여름에 마리엔바트에서 펠리체 바우어와 휴가를 보냄. 『선고』 출간. 11월 10일 뮌헨의 골츠Goltz 갤러리에서 낭독회 개최. 11월 말부터 이듬해 4월까지 퇴근 후 막내 여동생 오틀라가 세든 프라하 연금술사 골목의 작은 집에서 지내며 집필 활동. 이때 쓴 단편들이 이후 단편집 『시골 의사Ein Landarzt』에 수록됨.

**1917**  쉔보른 궁 건물로 이사. 히브리어 공부 시작. 7월에 펠리체 바우어와 두 번째 약혼. 8월에 객혈. 폐결핵 진단 받음. 9월에 오틀라가 농장을 경영하는 북서 보헤미아의 취라우Zürau로 이사. 펠리체 바우어의 방문 뒤 다시 파혼. 월간지 『유대인Der Jude』에 「학술원 보고Ein Bericht für eine Akademie」 발표.

**1918**   오스트리아-헝가리 이중제국 해체 후 체코슬로바키아 공화국 건국. 5월
부터 다시 보험공사에서 근무. 업무 후 원예를 함. 12월에 요양차 슐레지
엔으로 떠남.

**1919**   요양을 위해 재차 슐레지엔으로 여행. 그곳에서 체코 여성 율리에 보흐리
젝Julie Wohryzek을 알게 되고, 9월에 그녀와 약혼. 아버지와 불화. 「아버지
께 드리는 편지Brief an den Vater」 집필. 율리에 보흐리젝과의 결혼 계획이
마지막 순간에 틀어지고 파혼. 『유형지에서』 출간됨. 단편집 『시골 의사』
출간됨.

**1920**   4월부터 휴양차 메란Meran에 머무름. 밀레나 예젠스카Milena Jesenská와 서
신 왕래 시작. 여름에 빈에 사는 밀레나를 방문. 8월 중순의 어느 주말에
오스트리아와 체코의 국경지인 그뮌트Gmünd에서 그녀를 만남. 이후 다시
관계 소원. 연말에 타트라 산맥의 마틀리아리Matliary 요양원에 체류.

**1921**   8월까지 마틀리아리 요양원에 머무름. 헝가리 출신의 젊은 의학도 로베르
트 클로슈톡Robert Klopstock과 친해짐. 프라하로 돌아온 뒤에도 건강에 별
차도가 없음. 밀레나를 방문하여 그녀에게 일기장을 모두 맡김. 막스 브로
트에게 유언으로 자신이 죽은 뒤 일기와 편지, 작품 원고를 모두 불태워
달라고 부탁. 7월에 오틀라가 체코인 요제프 다비트Josef David와 결혼.

**1922**   1월과 2월에 리젠게비르게 산맥의 슈핀델뮐레Spindelmühle에 머무름. 미
완성 장편 『성Das Schloss』 집필 시작. 「단식예술가Der Hungerkünstler」 집필.
6월 말에 완전히 퇴직 후 9월 중순까지 오틀라가 루쉬츠Luschitz 부근 플
라나Planá에 여름 별장으로 빌린 집에서 지냄.

**1923**   히브리어 수업을 받음. 팔레스타인 이주 계획 세움. 발트해 연안 뮈리츠
Müritz에 체류하는 동안 도라 디아만트Dora Diamant를 알게 됨. 9월에 프
라하를 떠나 도라 디아만트가 있는 베를린으로 이사하여 함께 지냄. 둘은
인플레이션으로 인해 여러 차례 이사하고 절약하며 지냄. 미완성 단편 「굴
Der Bau」 집필.

**1924**   마지막 작품 「여가수 요제피네 또는 쥐의 종족Josefine, die Sängerin oder das

Volk der Mäuse」집필. 건강이 급속도로 나빠져 3월에 프라하로 돌아옴. 결핵이 폐에서 후두로 전이된 징후 발견. 비너발트Wienerwald 요양원을 거쳐 빈의 전문병원으로 옮김. 4월 10일에 도라 디아만트와 클로스터노이부르크Klosterneuburg 부근의 키얼링Kierling 요양원으로 감. 도라와 로베르트 클롭슈톡이 카프카를 돌봄. 치료를 포기할 정도로 상태가 나빠짐. 6월 3일 정오경에 마흔한 살로 사망. 6월 11일 프라하 슈트라슈니츠Straschnitz 유대인 묘지에 안장됨. 여름에 4편의 단편 모음집『단식예술가』출간됨.

# 변신

클래식 라이브러리   005

1판 1쇄 인쇄  2023년 4월 19일
1판 1쇄 발행  2023년 4월 28일

지은이  프란츠 카프카
옮긴이  목승숙
펴낸이  김영곤
펴낸곳  아르테

문학팀  김지연 임정우 원보람
출판마케팅영업본부장  민안기
마케팅2팀  나은경 정유진 박보미 백다희
출판영업팀  최명열 김다운
제작팀  이영민 권경민

출판등록  2000년 5월 6일 제406-2003-061호
주소  (우 10881) 경기도 파주시 회동길 201(문발동)
대표전화  031-955-2100
팩스  031-955-2151

ISBN  978-89-509-4960-0 04800
ISBN  978-89-509-7667-5 (세트)

『슬픔이여 안녕』『평온한 삶』『자기만의 방』『위더링 하이츠』『변신』『1984』『인간 실격』『코』『사랑에 대하여』『도리언 그레이의 초상』『비계 덩어리』『월든』『라쇼몬』『이방인』『데미안』『수레바퀴 밑에서』『노인과 바다』『위대한 개츠비』『작은 아씨들』

클래식 라이브러리 시리즈는 계속 출간됩니다.